D1858362

Stefan Beuse

Alles was du siehst

Stefan Beuse

Alles was du siehst

Roman

C. H. Beck

Für David Foster Wallace

We don't see things as they are,
we see things as we are.

Anaïs Nin

In watermelon sugar the deeds were done and done again as my life is done in watermelon sugar. I'll tell you about it because I am here and you are distant. Wherever you are, we must do the best we can. It is so far to travel, and we have nothing here to travel, except watermelon sugar. I hope this works out.

(Richard Brautigan)

Einen einzigen Atemzug, mehr habe ich nicht. Mein Blick fliegt über die Oberfläche. Eine verstörende Weite, die sich bis zum Horizont erstreckt, dem scheinbaren Ende von Himmel und Erde. Dabei geht alles immer bloß weiter: Oben und unten fließen ineinander; die Grenzenlosigkeit selbst schafft die Grenze, ein Produkt aus Erdkrümmung und Luftspiegelung. Was wir Horizont nennen, ist nichts als eine optische Täuschung.

Ich drehe mich auf dem Rand des Schlauchbootes. Werfe einen Blick zurück zur Küste, wo die zerklüfteten Felsen steil Richtung Meeresboden abfallen. Mit jeder Minute trennen sich die dunklen Wellen schärfer von den Klippen und den Häusern darauf, in denen Leute am Fenster stehen und aufs Meer blicken, ohne es wahrzunehmen, weil sie Weite sehen, nicht Tiefe. Eine Wasseroberfläche, die den Himmel spiegelt und vergessen macht, dass die Dünung nur das sichtbare Echo eines Pulses ist, der seinen Ursprung in lichtlosem Schwarz hat, einer Finsternis, in deren Zentrum ein gewaltiges Herz schlägt. Man muss das wissen, bevor man sich dem Meer anvertraut. Man muss das wissen, sonst schluckt es einen.

Ich fahre mit der Hand an der Außenseite des Bootes entlang, die noch warm ist von der Hitze des Tages. Atme den

Geruch des Gummis, der mir ein Gefühl von Zuhause vermittelt. Dann schließe ich die Augen und lasse mich fallen, mit dem Gesicht voraus ins Wasser.

Der kurze Kälteschock, obwohl das Meer über Monate hinweg Sonne gespeichert hat. Mein Puls sinkt auf fünfzig Schläge pro Minute, Blut wird aus den Unterarmen in den Brustraum gepumpt; ein Reflex, der seit Urzeiten in unser Reptiliengehirn graviert ist. Ich spüre, wie sich meine Gesichtshaut entspannt, wie ich ruhig werde. Eine Weile bleibe ich so liegen, Arme und Beine ausgebreitet, nur vom Auftrieb des Neoprenanzugs gehalten. Dann öffne ich die Augen und schwimme zur Boje.

Ich halte mich am Ankerseil fest. Lege meine Hand aufs Wasser, dass die Oberflächenspannung der Wellen an meiner Haut entlangstreicht. Ziehe den Bauchnabel ein, presse den letzten Rest Luft aus meinem Leib und verschließe den Gaumen, bis der Atemreflex einsetzen will.

Das irre Kitzeln, als ich ihm widerstehe. Wie eine Falltür, die unter mir aufgeht, während gleichzeitig ein Schwarm Vögel mit wild schlagenden Flügeln meine Schädeldecke anzuheben versucht. Jeder Wimpernschlag, mit dem ich die Grenze zur Ohnmacht verschiebe, stößt eine Tür auf.

Licht tanzt vor meinen Augen, Luft strömt ein, die Bauchdecke wölbt sich, die Rippenbögen dehnen und weiten sich. Ich atme bis unters Schlüsselbein, die Wirbelsäule streckt sich, das Kinn sinkt Richtung Brust. Ich konzentriere mich auf den Punkt zwischen meinen Brauen. Achtundsiebzig Meter. Die Tiefe, in der ich sie finden werde.

Zwei Minuten Hyperventilation. Schnelles, flaches Atmen, bis das Blut von Sauerstoff gesättigt ist. Dann der letzte, der entscheidende Atemzug. Achteinhalb Liter Luft, die mich an den Grund bringen werden. Eine Verdichtung bis hoch in die Luftröhre, dann tauche ich ab, ziehe mich am Ankerseil nach unten, einer Tiefe entgegen, die hier, knapp unter der Oberfläche, nicht mehr als eine helllichte Vision ist: Schwebstoffe, die in Sonnenlicht baden.

Wasser rauscht an mir vorbei, Auftrieb und Schwerkraft gleichen sich aus. Die erste Kältegrenze. Ich presse die Nasenflügel zwischen Daumen und Zeigefinger zusammen, drücke von innen Luft ins Mittelohr.

Fünf Meter.

Der Rotanteil im Licht verschwindet.

Sieben Meter.

Der Druck auf das Gasgemisch in meiner Lunge wird größer. Einundzwanzig Prozent Sauerstoff. Achtundsiebzig Prozent Stickstoff. Der Rest ist Argon. Kohlendioxid.

Zehn Meter.

Meine Lunge ist auf die Hälfte ihres ursprünglichen Volumens geschrumpft.

Zwölf Meter.

Der Gelbanteil wird aus dem Licht gefiltert. Ich kann das Meer hören, seine Stille.

Sechzehn Meter.

Wie Schnee sinke ich in die Tiefe; die gekrümmten Finger nur noch lose um das Führungsseil geschlossen.

Zwanzig Meter.

Der letzte Grünstich verschwindet. Ich bin umgeben von reinem, überwältigendem Ultramarin, ein Blau, das hier keine Farbe, sondern ein Zustand ist. Ich muss mich zwingen, am Seil zu bleiben, ab dreißig Metern entfaltet der Stickstoff seine betäubende Wirkung.

Sieben mal acht sind sechsundfünfzig. Mein Name ist, ich wohne in, und das ist meine Sozialversicherungsnummer. Ich habe einen Kontostand, einen Beruf und eine Vergangenheit. Das alles ist nichts, da, wo ich hingehe.

Fünfunddreißig Meter.

Der Druck in der Lunge wird negativ.

Fünfundvierzig Meter.

Mein Herzschlag sinkt auf zwölf Schläge pro Minute. Der Atemreiz verschwindet. Ich falle.

Fünfzig Meter.

Mir wird kalt.

Fünfundfünfzig Meter.

Die Farben verschwinden. Es ist dunkel.

Sechzig Meter.

Jetzt kommen die Bilder.

Teil 1

Das Haus

Bienvenu.

You are entering an arena that will question tradition, perception, and practicality. From the settlement of agriculture to the birth of the kitchen, life has presented us with the remarkable gift of creative thinking. For this I must return the favor and present my craft with passion, inquisition, and energy. I urge you to use this experience as a catalyst for your own interests, and hope that the world will come to seem even more mysterious, divine, and compelling.

(Einladungskarte zu einem formellen Abendessen der Telluride Association)

Langsam kroch die Dunkelheit über das Land. Was als haarfeiner Riss am Horizont begonnen hatte, eine kaum wahrnehmbare Beimischung von Schwarz entlang der blassblau aquarellierten Grenze zwischen Himmel und Erde, gewann nun deutlich an Gestalt. Tief hängende Wolken ließen ihre Schatten vorausfliegen, verdichteten sich zu einer schweren Front. Es war, als hätte man den Himmel geteilt und wir flögen nun der Nachtseite entgegen, die unaufhaltsam gegen das letzte Licht des Tages rückte und auch den beständigen Schatten fressen würde, den die Propellermaschine noch immer über das zerklüftete Gebiet von Tompkins County warf, ein flexibles Abbild unserer Route.

Seit der Fortsetzung meines Fluges in Philadelphia war der Schatten nicht von meiner Seite gewichen. Durch das Bullaugenfenster sah ich ihn über Felskuppen springen, Täler auslecken und über Seen tanzen, sich derart quecksilbrig dem Grund fügen, auf den er projiziert wurde, dass er meine Reise, überhaupt jede Mühe, die man gemeinhin auf sich nimmt, um ein Ziel zu erreichen, zu verhöhnen schien. Als wollte er beweisen, dass ein Gedanke genügt, um von einem Ort zum anderen zu kommen, ein Lächeln, so schwerelos, so verspielt wie dieser Schatten selbst, der nie reißen würde, ganz gleich, was geschähe.

Libellenflügeln gleich schraubten sich die schimmernden Propellerkreise in die Wolkenfront, und ich warf einen letzten Blick auf den schmalen Stoß Blätter, der zusammen mit einer verschwommenen Fotografie vor mir lag; der bisher einzige Hinweis auf meinen Auftrag.

Aaron Singer.

Ein stummer Blitz, dann sprangen die Anschnallzeichen an, und noch während ein schieferfarbenes Meer hinter uns zusammenschlug, rüttelte ein Sturm an den Tragflächen. Die Seiten auf dem kleinen Tischchen begannen zu zittern; ich spürte, wie das Flugzeug immer stärker bebte, hörte es quietschen wie eine alte Tür, kaum mehr in den Angeln gehalten von Beschlägen, die mit dem nächsten Stoß zu bersten drohten.

Aus den Wolkenschlünden dämmerte ein diffuser, gasähnlicher Schein, und was ich zunächst für die erleuchteten Ränder ineinanderstrudelnder Wolkenmassen gehalten hatte, entpuppte sich als die Spiegelung meines eigenen Gesichts. So fremd, so ohne Zusammenhang erschienen mir die Konturen, dass ich erschrak, vor allem vor meiner Unfähigkeit, eine Beziehung zwischen mir und meinem Abbild herzustellen. Es war, als formten und verwürfen die Zerklüftungen der Wolken immer neue Skizzen, Modelle eines Menschen, der ich sein sollte und nicht war.

Aaron Singer. Der Name begleitete mich jetzt schon seit Wochen, doch je mehr ich über ihn nachdachte, desto stärker entzog er sich. Jedes Detail, das der Professor für mich gesammelt hatte, war nur ein neues Puzzlestück, das sich nicht fügen wollte, und je näher ich dem Ort kam, an dem er gelebt hatte, desto drängender wurden die immer gleichen Fragen: Wer war der Mann, dessentwegen man mich auf die andere Seite der Welt bestellt hatte? Wieso beauftragte man mich mit der Geschichte eines Menschen, der öffentlich nie in Erscheinung getreten war? Gab es überhaupt eine Geschichte? Und was an seinem Leben war so interessant, dass man ausgerechnet mich gefragt hatte, ohne auch nur zu versuchen, mein festgesetztes Honorar zu verhandeln?

Das einzige Foto, das von Singer existierte, erinnerte eher an Amateuraufnahmen von Ufos als an ein Porträt. Falls man überhaupt etwas darauf erkennen konnte, war es ein Umriss, eine Larve, die alles zeigte, was man darin sehen wollte, und in gewisser Weise war diese Darstellung seiner Person die perfekte Illustration dessen, was ich bisher über ihn gelesen hatte.

Konkret wusste ich nur, dass er in einer Holzhütte am See gewohnt hatte, nicht weit entfernt von dem Haus, in dem ich untergebracht sein würde: ein altes Anwesen, in dem eine Gemeinschaft lebte, über die mir der Professor keine Auskunft geben wollte. Alle Einzelheiten müssten vor Ort geregelt werden, hatte er gesagt, das gehöre zu den Bedingungen.

Ich hatte entgegnet, dass ich die Frage, mit was für Leuten ich die nächsten Monate verbringen würde, ebenso wenig für eine Einzelheit hielte wie die Tatsache, dass er mir noch immer nicht gesagt habe, worin mein Auftrag eigentlich bestehe.

Als Antwort hatte ich die Flugtickets per Post erhalten sowie ein Schreiben, das mir einen Großteil der üblichen Formalitäten ersparte. Ich wusste nicht, was mich mehr beeindruckt hatte: die Eigentümlichkeit des Auftrags oder die Unbedingtheit, mit der man ausgerechnet mich dafür wollte.

Ich presste meine Stirn an die Scheibe. Langsam, still wie in einem Traum, sah ich Schnee fallen, an meinem Fenster vorbeiwehen wie eine Erinnerung.

Da war sie wieder. Die Stimme. Der Erzähler, der alles kommentierte. Als würde in diesem Moment ein Buch über sie geschrieben. Oder als schriebe sie selbst das Buch, indem sie tat, was sie tat. Dachte, was sie dachte. Die Stimme war so eng mit ihr verbunden, dass es ihr unmöglich war zu sagen, was zuerst da gewesen war: die Stimme oder sie.

Hatte es irgendwann einen ersten Satz gegeben, der da lautete: «Am vierundzwanzigsten Januar um sechs Uhr zweiunddreißig wurde Kasey Sierra gegen ihren Willen in eine Welt geboren, die sie zeit ihres Lebens für einen Irrtum halten sollte; der Schneesturm außerhalb der Krankenhausmauern forderte zu dieser Zeit sechs Tote, und auch ihre Mutter überlebte die Geburt nur knapp»? – Hatte so ein Satz sie erschaffen, oder hatte das, was Doktor Redloff «die Krankheit» nannte, die Stimme hervorgerufen? Waren ihre Gedanken die Stimme? War die Stimme die Krankheit? Wann hatte sie begonnen? Gab es eine Zeit, in der sie die

Stimme nicht gehört hatte, oder nur den Moment, in dem ihr klar geworden war, dass nicht alle Menschen sie hörten?

«In derart unsinnige Grübelei versunken, spazierte Kasey Sierra, gewandet in ein Kleid, dessen Auswahl die Einschätzung der Witterungsverhältnisse mindestens optimistisch erscheinen ließ, durch ihren Obstgarten», hörte Kasey die Stimme.

Doch der Obstgarten hatte Augen. Seine Äste fingen Gedanken, die Sonne blinzelte ihren Spott durch ein Meer höhnisch winkender Blätter, und nichts, gar nichts von dem war wahr, was in den Zeitschriften stand: dass das wie ein Schauer ist, der einem den Rücken runterläuft. Es gab kein Brennen am Hinterkopf und auch keinen Magnetismus, der sie dazu brachte, sich umzudrehen. Was Kasey Sierra spürte, was sie umgab, war ein dauerhaftes Feld, das die Welt da draußen außer Kraft setzte.

Kasey lebte in einem Körper, der nicht der ihre war, in einem Haus, das ihr fremd vorkam, unter Menschen, vor denen sie Angst hatte. Der einzige Halt, ihr Anker in der Welt da draußen war Randal. Randal, der genau das verkörperte, was sie nicht war, ein Fleisch gewordener Wille. Wenn er nicht da war, versteckte sie sich, vergrub sich in ihrem Haus, bis er wiederkam. Oder sie ging durch den Garten und lehnte sich an den alten Apfelbaum, dessen Stamm so dick war, dass ihre Fingerspitzen sich nicht mal berührten, wenn sie die Arme um ihn legte.

Kasey lehnte sich an den Stamm und schloss die Augen.

Es war ein sehr alter Baum, und es gab nichts, was er nicht wusste.

Einmal hatte Kasey ihn gefragt, warum Randal so grob zu ihr war. Warum er sie manchmal schlug und auf den Boden warf und ihr die Kleider zerriss.

Das ist, weil er Angst vor dir hat, hatte der Baum da geantwortet. Weil du zu groß für ihn bist. Randal ist ein sehr einfacher Junge, und er weiß nichts von dem, was du weißt. Er sieht nichts von dem, was du siehst. Er kann nicht mal hören, was ich sage. Er ist wie ein Säugling, der ganz am Anfang steht. Der alles noch lernen muss. Sei nachsichtig mit ihm. Er meint es nicht so.

Das hatte Kasey verstanden. Der Baum war gut zu ihr, und er wusste immer Rat. Der Baum war es auch gewesen, der ihr gesagt hatte, dass sie die Tabletten nicht brauche, die Doktor Redloff ihr gab. Dass sie nicht krank sei, sondern bloß mehr wisse, mehr sehe und mehr fühle als andere. Dass es in Ordnung sei, keine Richtung zu haben. Einfach nur da zu sein. Schließlich tue er, der Baum, auch nichts anderes.

Aber als Mensch müsse sie doch in einer Menschenwelt zurechtkommen, hatte Kasey da gesagt, während er, der Baum, als Baum unter Bäumen natürlich nicht weiter auffalle, weil er ja gewissermaßen nicht aus der Reihe tanze durch das, was er tue.

Daran sähe man jetzt aber mal, dass sie keine Ahnung habe, hatte der Baum ihr geantwortet. Ob sie sich nicht vorstellen könne, dass auch sie für seine Baumkollegen als

Mensch sozusagen nicht zu unterscheiden sei von anderen Menschen, obwohl sie doch ein ganz besonderer Mensch sei? Ob das nicht ein wenig oberflächlich sei, einen Baum nur danach zu beurteilen, ob er aussehe wie ein Baum?

Kasey versprach, darüber nachzudenken. Sie hörte Randals Wagen in der Ferne. Es war ein schöner, trockener Spätherbstmorgen; die Luft war wie blank geputzt, die Blätter des Apfelbaums raschelten im Wind, und die Straßen waren frei. Sie hörte, wie der Wagen an der Kreuzung hielt und wieder anfuhr. Gleich würde er um die Ecke biegen. Randal würde aussteigen und sie vielleicht küssen und mit ihr ins Haus gehen. Aber das wollte sie nicht. Zum ersten Mal war sie nicht froh, dass er kam und sie erlöste, mit seinem Willen, seiner Kraft. Sie wollte weiter hier sitzen und dem Baum zuhören. Es war gut, alles, wie es gerade war, und sie wollte nicht, dass es aufhörte.

«Ich muss los», sagte Kasey und ließ ihre Fingerspitzen noch einmal an der Rinde entlangstreichen.

Und da geschah etwas Seltsames. Es kam von oben, von direkt über ihr: ein Tropfen, der mitten auf ihrer Wange platzte und langsam in ihren Mundwinkel rann. Er schmeckte salzig. Kasey wischte sich die Spur des Tropfens von der Wange und betrachtete die Kuppe ihres Zeigefingers, während sie langsam zum Gartentor ging.

Es waren bereits sonderbare Dinge aus dem Baum gefallen, als sie darunter gesessen hatte. Nicht nur Äpfel und Blätter. Auch kleine Aststücke und letzte Woche sogar ein kleiner, schwarzer Deckel, von dem Randal gesagt hatte, dass er zu einer Kamera gehöre, woher zum Teufel sie den habe?

Aber das hier war das erste Mal, dass eine Träne aus dem Baum gefallen war.

Seit drei Monaten kannte ich nur seine Stimme, und obwohl ich ihn mir nie vorgestellt hatte, war ich überrascht von dem Mann, der am Flughafen auf mich wartete. Nicht, weil er dem Bild eines Professors widersprochen hätte, sondern weil er im Gegenteil genau so aussah, wie man sich einen Gelehrten vorstellt: leicht nach vorn gebeugt und etwas windschief, die Arme verschränkt, als müsste er sich selbst festhalten; eine große, knochige Gestalt, die mitten in der winzigen Halle von Ithaca Airport stand und von der ich nie gedacht hätte, dass es sich um den Mann handeln könnte, der mich hierher bestellt hatte. Doch abgesehen von einer schattenhaften Frau, die den Bistrotisch eines verwaisten Stehimbisses abwischte, war niemand mehr da, unsere De Havilland Dash 8 Turboprop aus Philadelphia war die letzte Maschine gewesen und der Rest der Passagiere längst im wirbelnden Schnee verschwunden.

«Blizzard», hatte die Frau von der Gepäckermittlung gesagt und mit den Schultern gezuckt. «Passiert in dieser Zeit oft. Manchmal landet hier drei, vier Tage lang gar nichts; seien Sie froh, dass nur Ihr Gepäck den Anschluss nicht geschafft hat, sonst säßen Sie jetzt in Philadelphia fest …»

Nach dem zweiten Anruf des Professors hatte ich meine

Wohnung gekündigt, alles Wichtige in einen Rucksack gepackt und den Rest abholen lassen, von einem Händler, dessen erstes Angebot ich akzeptiert hatte. Ich besaß gerade soviel, wie ich in zehn Minuten zusammenraffen und forttragen konnte, das war immer so ein Grundsatz gewesen, ich wollte die Dinge nicht unnötig kompliziert machen.

«Heißt das, ich muss bis morgen auf mein Gepäck warten? Wenn ich Pech habe, sogar bis übermorgen?»

«Nein», hatte sie gesagt und gelächelt. «Wenn Sie Pech haben, warten Sie zwei Wochen. Wenn Sie Glück haben, finden Sie heute noch ein Taxi, das Sie da hochfährt.»

Ich gab ihr die ausgefüllten Formulare zurück und legte einen Fünfdollarschein dazu. Natürlich wusste ich, dass das die Sache nicht beschleunigen würde. Dass es absurd war, die Fluggesellschaft gewissermaßen als Belohnung dafür, dass sie meinen Rucksack verloren hatte, auch noch zu bezahlen. Aber es gab mir ein besseres Gefühl. Das Gefühl, alles getan zu haben, was in meiner Macht stand.

Wir müssen ein sonderbares Bild abgegeben haben, wie wir aufeinander zuwankten, in der neongrünen Trostlosigkeit dieser verlassenen Halle: der Professor mit den ungelenken Schritten einer Marionette, ich steif gesessen von über vierzehn Stunden Flug, schief von der Büchertasche über meiner Schulter. Nicht mal eine Zahnbürste hatte ich dazugesteckt, und ich verfluchte die Entscheidung, sogar Laptop und Fotoapparat im Rucksack verstaut zu haben.

«Willkommen in Ithaca.» Die Stimme des Professors klang,

als hätte sie sich durch enge Windungen quälen müssen. Sie passte weder zu der zerbrechlichen Erscheinung, noch zu seinen Augen, die im Zusammenspiel mit den struppigen Brauen, den fahrig nach hinten gestrichenen Haaren und seinem nachlässig gestutzten Bart fast spitzbübisch wirkten. Ich war überrascht von ihrer Lautstärke, dabei hatten wir so oft telefoniert, dass ich mich eigentlich daran hätte gewöhnt haben müssen.

«Tut mir leid, dass ich so spät bin.» Ich schüttelte ihm die Hand. «Mein Gepäck ist nicht mitgekommen; ich musste pausenlos Formulare ausfüllen und mir anhören, dass es vermutlich Tage dauert, bis es gebracht wird.»

Der Professor starrte auf etwas hinter meinem Rücken. Ich wandte mich um, sah aber nichts Besonderes.

«Na ja», sagte ich, «Rasierzeug kann ich zur Not nachkaufen, und an der Universität gibt es bestimmt einen Rechner, den ich so lange benutzen darf.»

Der Professor stand noch immer wie versteinert. Vielleicht hatte ich einfach zu leise gesprochen. Eine Nacht und einen Tag hatte ich mich nur durch Gesten verständigt; nein, kein Kopfhörer für mich, ja, ich nehme noch einen Kaffee, natürlich können Sie abräumen, ich rühre das Essen auch später nicht an, und eine Decke wäre gut. Ich hatte mich wohlgefühlt in der Welt jenseits der Worte und fand es anstrengend, sie wieder verlassen zu müssen.

«Kommen Sie.» Auf einmal drehte er sich um, eine Bewegung, die kurz ausgesehen hatte, als wollte er meine Hand nehmen. «Kommen Sie, wir sollten längst da sein.»

Die Hände tief in den Hosentaschen vergraben, ging er voraus, die Schultern hochgezogen, den Kopf leicht nach vorn geneigt. Professor Lawrence Ludwig Nunn kam mir vor wie aus Elementen zusammengesetzt, die zu keiner Einheit finden wollten, seine taumelnde Art zu gehen wie eine Folge mangelhafter Verschraubung. Er trug eine grob gegerbte braune Lederjacke und Halbschuhe, die nicht nur zu kalt für die Jahreszeit, sondern mindestens zwei Nummern zu groß waren, was den holzpuppenartigen Charakter seines Gangs noch verstärkte.

Der Professor stolperte so schnell voran, dass ich kaum Schritt halten konnte. Ich folgte ihm zum Ausgang, dem Schneesturm entgegen, der mir schon während des Flugs die Sicht auf das Appalachenplateau und die Finger Lakes genommen hatte, jene seltsame Seenplatte in der Mitte des Staates New York, die auf der Karte aussah wie Kratzspuren einer Pranke, die verzweifelt Halt gesucht und sich dabei tief ins Sedimentgestein gegraben hatte, in ein von Trogtälern durchzogenes ehemaliges Gletschergebiet.

Direkt vor der Kuppe von Cayuga Lake, dem längsten der Fingerseen, eingefasst von zwei tiefen Schluchten auf dem Osthügel von Ithaca, liegt Cornell, eine der ältesten Universitäten der Vereinigten Staaten. Von dem Haus, in dem ich untergebracht sein würde, war der Campus bequem zu Fuß zu erreichen, ebenso der Wald, in dem Singer gelebt hatte.

Normalerweise empfand ich es nicht als Hindernis, in völliger Unkenntnis biografischer Fakten zu arbeiten; in einigen Fällen machte ich es sogar zur Bedingung. Aber unter normalen Umständen lieferte man mir auch die Seele meiner Klienten: säuberlich gebunden zwischen zwei Buchdeckeln. Für gewöhnlich reichten mir ein, zwei Publikationen, um alles über ihre Autoren zu wissen. Warum sie das Buch hatten schreiben müssen. Warum sie es so und nicht anders geschrieben hatten. Vor allem aber: Was für ein Buch sie *eigentlich* hatten schreiben wollen. In der Differenz zwischen dem, was sie sich vorgenommen hatten, und dem, was dann tatsächlich erschienen war, lag für mich die wesentliche Information. Aus dem Scheitern eines jeden Autors konnte ich gewissermaßen seine ursprüngliche Vision lesen. Ich musste nur den ideellen Kern freilegen und ihn dann in einer Geschichte auflösen, die so elementar war, dass sie nicht weiter heruntergebrochen werden konnte.

Was ist ein Autor anderes als ein Schachspieler, der seine Figuren als bloße Facetten seiner selbst einem Ziel, einer Strategie unterwirft, notfalls sogar opfert, ohne ihnen auch nur die Chance zu lassen, Einfluss auf ihr Schicksal zu nehmen? Ein Ghostwriter jedoch geht den umgekehrten Weg. Er lässt den Autor aus dessen Schöpfung auferstehen, um das Werk fortzuführen, vielleicht sogar weiterzuentwickeln. Ein Ghostwriter holt ins Leben zurück, was mit dem materiellen Körper vergeht: den Geist. Die Essenz eines jeden Autors. Wenn der Autor auf halber Strecke zusammenbrach, ging ich an seiner statt durchs Ziel. Dem Ziel war es schließlich egal, wer es erreichte. Nicht aber, wann es erreicht wurde.

Im Gegensatz zu den meisten Kollegen bestand mein Talent nicht darin, jemand anderen besonders gut imitieren zu können. Wer mich wollte, brauchte keinen Redenschreiber, keinen Verfasser von Festschriften. Was mich auszeichnete, war die Fähigkeit, jemand anderes zu *werden*. Mit jedem neuen Auftrag wurde ich zu einer ursprünglicheren Version des Autors, dessen Werk ich sozusagen fortschrieb. Ich war das überraschende Comeback, das literarische Vermächtnis nach über zehn Jahren Wartezeit. Der sensationelle Fund auf dem Dachboden.

Lag das Buch dann in den Läden, war ich dazu verdammt, hinter der Bühne zu bleiben. Ich war der Vater des Erfolges, doch den Applaus ernteten andere, im Rampenlicht standen Pappkameraden, Stellvertreter, weil ich mich per Handschlag zum Unsichtbaren erklärt hatte.

Doch jetzt hatte man mich mit jemandem beauftragt, der nicht einmal Autor war: Aaron Singer hatte nie eine Zeile veröffentlicht, und die Chance, dass man nach seinem Tod plötzlich ein Manuskript unter den Dielen seiner Hütte gefunden hatte, Tagebücher, Notizen von solcher Brisanz, dass man von mir verlangte, das Material zu vollenden, war äußerst gering. Wozu aber brauchte man einen Ghostwriter, wenn es keine Geschichte gab?

Ich folgte Professor Nunn nach draußen, und sofort schlug mir wieder die Kälte entgegen, mit einer Schärfe, die mich schon beim Verlassen des Flugzeugs überrascht hatte, die meine Haut betäubte, unempfindlich machte gegen den wirbelnden Schnee. Mit flatternden Hosenbeinen, krumm wie ein Angelhaken, kämpfte sich der Professor durch den

Sturm. Ich blieb dicht hinter ihm, bis wie aus dem Nichts ein Auto vor uns auftauchte.

«Es ist offen!», rief der Professor, und plötzlich empfand ich die Selbstverständlichkeit, mit der man hier sein Auto nicht abschloss, als etwas Paradiesisches, die schroffe Schönheit der Umgebung als Sinnbild für eine Reinheit, die mir längst verloren schien. Was immer man von mir verlangte: Ich war nur zu bereit, mich in eine Geschichte zu stürzen, die nicht die meine war, mich in einem fremden Leben einzurichten wie in einem neuen Zuhause.

Jetzt kam auch noch die Sonne raus. Im Laufe der Woche hatte sie immer mehr an Kraft gewonnen, und Ned überlegte schon, den Taucheranzug gegen etwas Leichteres einzutauschen, aber für die nächsten Tage war sogar Schnee angekündigt, und zumindest nachts war es frostkalt. Vor Sonnenaufgang war Ned froh, dass der Neoprenanzug ihn wärmte, tagsüber jedoch wurde ihm die Froschhaut zum Gefängnis. Spätestens gegen Mittag begann er darin zu schwitzen, und wenn die Sonne bis zum Nachmittag vom Himmel schien, raubten ihm der Gummigeruch und die Enge um seinen Brustkorb den Atem. Die Zweige und Blätter des Baumes verschwammen auf irritierende Art mit den tanzenden Sonnenflecken, der grünen und braunen Farbe auf dem Taucheranzug, und wenn er dazu noch die Luft anhielt, weil Kasey gerade unter dem Baum saß und er Angst hatte, husten zu müssen, wurde Ned so schwindelig, dass er nicht mehr wusste, wo oben und unten war. Das Blut rauschte in seinen Ohren, er musste sich festhalten, aufpassen, dass kein Unglück geschah, wie letztens, als ihm der Objektivdeckel hinuntergefallen war, genau neben Kasey ins Gras. Sie hatte das runde Plastikding betrachtet wie etwas aus einer anderen Welt, zu seiner Überraschung aber nicht nach oben gesehen.

Natürlich war es mühsam, manchmal den ganzen Tag still zu sitzen, eingeklemmt zwischen Ästen, und in mehr als einer Hinsicht fühlte sich Ned oft wie ein Pilot, der aus seiner brennenden Maschine gesprungen und mit dem Fallschirm in Kaseys Apfelbaum hängen geblieben war. Doch all die Schmerzen, die Krämpfe, die er lautlos, zitternd wegatmete, nahm er bereitwillig auf sich. Kaseys Stimme, die Gegenwart ihrer Haut, das alles war in ihm versiegelt, gespeichert im Archiv der kleinen Glückseligkeiten, auf das er jederzeit zugreifen konnte.

Jetzt zum Beispiel. Wie sie den Kopf schräg legte und diesen Kerl leicht von unten ansah: Randal. *Randazzle*, wie er sich selbst nannte. Das war, als setzte man Ned ein Mäusejunges in die Hand, und der Stich im Magen, diese Mischung aus Angst, Überraschung und Ehrfurcht vor der flaumbesetzten Zartheit, dieser herzklopfenden Verletzlichkeit, das war Kasey Sierras Blick. Etwas Lebendiges, das mit einer einzigen ungeschickten Bewegung vernichtet werden konnte, und Randal Parker vernichtete es ständig. Er war vollkommen immun gegen den Zauber, der von Kasey ausging; seine Sinne waren zu grob, um ihr hochfrequentes Wesen, diesen feinen, wenn auch morbiden Humor zu erfassen, der in jeder ihrer Bewegungen mitschwang, und es drehte ihm fast den Magen um, dem zusehen zu müssen, seit bald sieben Wochen jetzt.

Ned zoomte näher heran.

Was fand sie an ihm? Dass er sie nicht liebte? Gar nicht lieben konnte, weil ihm dazu die Voraussetzungen fehlten? Kein Enzym oder etwas, das man künstlich herstellen und in der Absicht, etwas reparieren zu wollen, nachträglich zuführen konnte: Randal wusste mit Frauen wie Kasey einfach nichts anzufangen, und wenn sie – selbst nach seinen Maßstäben – nicht mindestens passabel aussähe, hätte er sogar Angst vor ihr. Da sie jedoch in einer Verpackung daherkam, die Randal vom Blick ins Innere ablenkte, sah er nur, was auch Neds Kamera sah und seit mittlerweile achtundvierzig Tagen aufzeichnete: ein einsachtundsiebzig großes Mädchen mit kurzen schwarzen Haaren, grünen Augen und viel zu weißer Haut, mit leichten Sommersprossen und einer Frisur, die sie sich selbst zugefügt haben musste und die wohl vor allem zweckmäßig sein sollte, Ned aber gerade durch diese offensive Achtlosigkeit bezauberte. Ein kreuznormales Jeans-und-T-Shirt-Mädchen eigentlich, das sich in Randals Fantasie problemlos in Richtung Cheerleader verformen ließe. Eine Extraportion Sonne, ein kurzer grauer Faltenrock, eine gebügelte Bluse, und Randal würde Kasey sogar seinen Eltern vorstellen. Natürlich nur, wenn sie ihm garantieren würde, keinen ihrer Anfälle zu kriegen. Und wenigstens von Zeit zu Zeit mal zu lächeln.

Neds Fantasie jedoch musste Kasey nichts hinzufügen.

Für ihn war sie perfekt so, wie sie war. Der einzige Fehler an ihr war Randal. Aber das war nur das alte Lied von der Schönheit, die es nicht erträgt, wahrgenommen zu werden, und deswegen jemanden braucht, der sie verkennt.

Kasey hatte Angst vor ihrer eigenen Größe. Und natürlich vor dem, was die Gutachter Krankheit nannten: einer Diagnose, die Kasey ein Auskommen bis an ihr Lebensende sicherte. Plus die paar Dollar, die sie momentan illegal hinzuverdiente.

Ned wusste das alles, weil er heimlich ihre Post las. Er war das Phantom, das nachts ihren Müll durchsuchte. Das darin Medikamente fand, die sie nehmen sollte und nicht nahm. Er war ihr Weg zum Supermarkt. Ihr Lieblingskleid. Ihr Fressanfall nachts um drei. Er war ihr unsichtbarer Begleiter, ihr Zwilling, ihre andere Hälfte.

Zwar war er noch immer ein Fremder für sie, doch Ned war überzeugt davon, dass Kasey für ihn bestimmt war. Er wusste es seit dem Moment, in dem sein neues Leben begonnen hatte, vor knapp zwei Monaten.

Er hatte sie nur im Vorübergehen gesehen. Aus den Augenwinkeln. Sie stand als Meerjungfrau verkleidet vor dem Schaufenster einer Kaffeerösterei und versuchte, Passanten für einen Produkttest im ersten Stock zu gewinnen. Vielleicht war es die Art, wie sie mit dem Klemmbrett in der Hand auf der Straße stand und Leute ansprach. Vielleicht war es auch etwas vollkommen anderes. Aber sie rührte ihn zu Tränen, und er wollte es ihr sagen: das, und dass er den Rest seines Lebens mit ihr verbringen wollte.

Er war noch viermal an ihr vorbeigegangen, in unterschiedlicher Entfernung, mal Zeitung lesend, mal die Auslagen der Schaufenster betrachtend. Er war langsamer geworden, sobald Kasey in ihrem Meerjungfraukostüm aufgetaucht war, während alle anderen den Schritt beschleunigten. Einige wechselten sogar die Straßenseite, weil sie keine Lust hatten, von einer Meerjungfrau mit Klemmbrett angesprochen zu werden. Aber Ned wurde langsamer. Er lächelte, und er bildete sich ein, dass es irgendwo unter der Farbe in ihrem Gesicht jemanden gab, der zurücklächelte.

Kaseys Aufgabe war es, möglichst viele Probanden von der Straße in den ersten Stock zu locken. Sie sprach Leute an, denen man sofort ansah, sie würden nicht mal antworten. Ihn sprach sie nicht an.

Ned ging auf die andere Straßenseite und kaufte sich Papier und Stift. Er setzte sich in ein Bistro, bestellte Kaffee und ein Stück Kuchen und fing an zu zählen. Für jeden Passanten, den Kasey ansprach, machte er einen Strich in der entsprechenden Rubrik: männlich. Weiblich. Gepflegt. Ungepflegt. Haarfarbe. Alter. Er wollte verstehen, warum sie ihn nicht angesprochen hatte. Alle, nur ihn nicht.

Er bestellte noch einen Kaffee und ein Glas Leitungswasser. Er aß die Kekse von den Untertassen am Nebentisch. Und dann, plötzlich, hatte er verstanden: Kasey wandte sich ausschließlich an wohlhabend aussehende Damen zwischen fünfunddreißig und fünfundvierzig.

Ned gehörte eindeutig nicht zur Zielgruppe.

Der Wagen sah von innen aus wie ein Raumschiff. Sobald Professor Nunn den Schlüssel gedreht hatte, surrte ein automatischer Gurt um meinen Oberkörper, der mich beim Einrasten an das Geräusch erinnerte, mit dem Fliegen in einer Elektrofalle verschmoren. Der Motor klang wie ein Flüstern, Armaturen leuchteten in Pastelltönen; es war, als wären wir von einer Welt, in der die Natur die Kontrolle behalten hatte, in eine gelangt, die sich per Tastendruck fügte, in der mit beruhigendem Summen ein künstliches Klima erzeugt wurde, als Gegenentwurf zu dem Toben da draußen.

Mit einem Fingerstreich begann leise Klaviermusik, umschmeichelte warme Luft unsere Haut, und die feuchten Haare in meiner Stirn fühlten sich sofort unangenehm an. Ich schämte mich meiner vom rasch schmelzenden Schnee immer klammer werdenden Hose, mit der ich wahrscheinlich gerade einen Sitz ruinierte, der so intensiv nach hochwertigem Leder roch, dass ich mir in diesem Wagen vorkam wie ein Ärgernis, wie Schmutz in einem aseptischen System. Das Pfeifen und Tosen des Windes war ausgeblendet, ersetzt worden durch eine sanft dahinfließende Klaviersonate, die mir das Gefühl vermittelte, dass in meinem Leben nie etwas Schlimmes geschehen war und nie etwas Schlimmes geschehen würde.

«Sie hätten sich wirklich eine bessere Zeit aussuchen können», sagte der Professor, «im Frühling ist das hier das Paradies.»

Ich entgegnete, dass nicht ich Zeit und Ort festgelegt

hätte, sondern er. Außerdem war der Sturm hier drin ohnehin nicht mehr als ein Film, projiziert auf die Frontscheibe einer voll klimatisierten Fahrgastzelle, synchronisiert von Chopin oder Debussy. Er ging mich ebenso wenig an wie die Kälte oder der sich im Fernlicht zu einem Tunnel krümmende Flockenstrudel, der uns eine Straße hochsaugte, die mit jeder Windung schmaler zu werden schien, dem Haus entgegen, in dem ich die nächsten Monate verbringen würde, bei freier Unterkunft und Verpflegung.

Als links von uns auf einer Anhöhe die mächtigen Universitätsgebäude von Cornell wie eine Erscheinung aus dem Schnee auftauchten, riss der Professor unvermittelt das Steuer nach rechts. Der Wagen kam von der Straße ab, nicht mal ein Weg war mehr zu erkennen, und ich wollte gerade ins Lenkrad greifen, weil ich vermutete, der Professor habe die Kontrolle über sein Fahrzeug verloren, als sich zwischen dicht stehenden Bäumen etwas wie ein Pfad auftat. Mit erstaunlicher Sicherheit steuerte Nunn den Wagen durch das Dickicht und hielt mitten im Wald an.

Wir seien jetzt da, sagte er, ich müsse allerdings ohne ihn gehen, er sei nicht befugt, sich dem Eingang auch nur zu nähern.

Verwirrt betrachtete ich sein schmales Gesicht, die bis an seinen lippenlosen Mund reichende Nase, seinen Bart, der im Zwielicht der Armaturenbeleuchtung und des vom Schnee ins Auto reflektierten Scheinwerferlichts wie blassgrünes Drahtgeflecht schimmerte. Ich starrte in diesen Bart, als könnte ich dort eine Erklärung finden.

Wie er das meine, fragte ich. *Er* habe mich doch hier einquartiert!

«Gehen Sie», rief der Professor und wedelte mit den Händen, als wollte er Hühner verscheuchen, «man wird Ihnen Bescheid geben, wenn es so weit ist!»

«Was, so weit?», fragte ich, wieder ohne eine Antwort zu erhalten. Stattdessen schob mir der Professor ein Mobiltelefon in die Jackentasche.

«Tragen Sie das immer bei sich», sagte er, «schalten Sie es nie aus. Es ist sehr wichtig, dass Sie für Ihren Auftraggeber ständig erreichbar sind.»

«Aber *Sie* sind doch mein Auftraggeber!»

Professor Nunn schüttelte lachend den Kopf und öffnete über meinen Körper hinweg die Beifahrertür: «Ich Ihr Auftraggeber!» Sofort wehte Schnee in den Wagen, biss sich die Kälte durch meine Kleider. «Sie haben ja nicht die geringste Ahnung.»

Er schob mich mit beiden Armen vom Sitz; ich war überrascht davon, wie kräftig der dürre Kerl war, und konnte gerade noch meine Tasche greifen, ehe ich in den Schnee fiel. Dann hörte ich, wie die Beifahrertür zuschlug.

Unter meinen Auftraggebern waren genug seltsame Käuze gewesen, aber aus dem Auto geworfen hatte mich noch keiner. Andererseits war es nicht ausgeschlossen, dass er recht hatte. Dass er wirklich nur Mittelsmann war und nichts über meine eigentliche Kontaktperson wusste. Wenn man sich so viel Mühe gab, alles um den Auftrag herum im Dunkeln zu lassen, musste mit Singer – so hoffte ich zumindest – etwas verbunden sein, das den ganzen Aufwand rechtfertigte.

Ich stand auf und blinzelte in Richtung des Hauses: ein dunkles, schlossähnliches Gemäuer, das versteckt hinter Bäumen lag und ein Gefühl in mir auslöste, als träfe ich in einem fernen Land im ungünstigsten Moment auf eben jene Person, der ich durch meine Reise eigentlich hatte entfliehen wollen.

Der Schnee blitzte und wirbelte im Fernlicht wie ein Sardinenschwarm, die Umrisse des Hauses schienen von Augenblick zu Augenblick neu festgelegt zu werden; die Flocken durchtanzten das Bild, und als der Professor den Wagen zurücksetzte, glitt das Scheinwerferlicht nur kurz noch über Stämme und Dickicht und verlor sich dann in der Finsternis dahinter.

Ich sah den Rücklichtern nach, bis sie verschwunden waren, dann ging ich dem Haus entgegen.

Jahre zuvor hatte ich mal ein Interview mit einem Mossad-Agenten gelesen. Kurz vor seinem Tod hatte er zum ersten Mal Auskunft über seine Doppelexistenz gegeben. Auf die Frage, wie er es geschafft habe, sein Leben lang unerkannt zu bleiben, hatte er geantwortet: Wenn du über Jahre hinweg gezwungen bist, selbst deiner Familie jemand anderen vorzuspielen, hast du nur zwei Möglichkeiten. Entweder du wirst diese andere Person, oder du träumst sie.

Was ist der Unterschied, dachte ich, während ich an mächtigen Kiefern vorbeiging, den Schnee über einem Boden verdichtend, der längst nicht mehr auszumachen war.

Ned wartete in dem Bistro, bis sie auf die Uhr sah und in den ersten Stock stieg, in dem auch die Leute verschwunden waren, die sich bereit erklärt hatten, an dem Produkttest teilzunehmen. Sie kamen mit einer Tüte zurück, in der wahrscheinlich Fische oder Salz aus dem Toten Meer oder sonst etwas war, für das man werben konnte, wenn man als Meerjungfrau verkleidet vor einer Kaffeerösterei stand.

Als Kasey wieder auf die Straße trat, erkannte er sie sofort. Auch ohne Schminke. Es war die Frequenz, die von ihr ausging, ein Ton, den nur er hören konnte, weil er auf ihn eingestellt war, vermutlich seit dem Tag seiner Geburt. Es war, als zerbräche etwas in ihm, und eine wertvolle, lang gehütete Substanz strömte in seinen Magen. Ihm wurde schlecht und warm zugleich, Ned fühlte sich leicht und vergiftet, leer und berauscht und so angefüllt von allem, dass ihm schwindelig wurde.

Er zahlte und wechselte die Straßenseite. Er folgte ihr, und einmal, als er es nicht mehr aushielt, tauchte er in ihre Gegenwart ein, die ihn anzog wie die Bodenlosigkeit den, der sich über den Abgrund beugt, ihn lockte wie den Schwimmer das glitzernde Meer.

Sie band sich die Schuhe zu, während sie sich in einem Schaufenster betrachtete und auch ihn sehen musste, der jetzt dicht bei ihr stand und keinen Grund für sein plötzliches Stehenbleiben vorspiegelte. Sie musste sehen, wie er alles riskierte, um einmal an ihrem Haar riechen zu können.

Aber sie sagte nichts. Sie tat weiter so, als sei er nicht da.

Sie sah beim Gehen in die Wipfel der Bäume, reckte den Kopf nach jedem Vogel, bewegte die Lippen, als löste sie komplizierte Rechenaufgaben, aber sie sah sich nicht um. Auch dann nicht, als sie das Gartentor hinter sich geschlossen hatte und durch einen Obstgarten ging, der Ned wie ein lebendig gewordenes Bild vom Paradies vorkam, auf ein kleines, windschiefes Haus zu.

Je näher ich dem Haus kam, desto unsicherer wurden meine Schritte. Vielleicht lagen Äste vor der Mauer, Scheite für den Kamin, doch ich ging weiter, als wäre der Boden genauso eben wie der gleichmütig sich darüberbreitende Schnee. Ich sank ein und verlor die Balance, tastete mich mit den Fingerspitzen an der Wand entlang, auf der Suche nach dem Eingang, doch es gab weder Fenster noch Türen.

Eine plötzliche Panik trieb mich schneller ums Haus; bienengroße Flocken verfingen sich in meinen Wimpern, verschleierten den Blick, und als meine Tasche irgendwo hängen blieb, fiel ich direkt über die Stufen einer Treppe.

Langsam stieg ich zu einer kleinen Veranda hoch. Meine Beine versanken bis zu den Waden, und erst kurz bevor ich den Eingang erreichte, bemerkte ich das schwach erleuchtete Fenster ein paar Schritte rechts von der Tür. Ich trat näher und sah in einen Raum, der mich an einen alten englischen Konferenzsaal erinnerte, an den Geruch von Leder, Wurzelholz und teuren Zigarren. Eingefasst von wandhohen Bücherregalen saß ein knappes Dutzend Leute um einen ovalen Tisch, an dessen Stirnseite ein höchstens dreißigjähriger, bereits ergrauter Mann im Tweedsakko stand und ein einziges Wort an eine Tafel schrieb. Ich brachte mein Gesicht dicht vor die Scheibe und kniff die Augen zusammen, doch es gelang mir nicht, das Wort zu entziffern.

Die Teilnehmer saßen um den Tisch wie eine gelangweilte Schulklasse. Einige hatten den Kopf auf die Hand gestützt und drehten Haare um ihren Zeigefinger, andere kippelten, den Kopf in die Beuge eines Ellenbogens gebettet, auf ihren Stühlen, als beschäftigten sie sich mit allem, nur nicht mit dem, was der Mann an der Tafel ihnen erzählte.

Eine eisige Böe schnitt mir ins Gesicht, sodass ich mich abwenden musste und wieder vor die Tür trat, die bloß angelehnt war. Einzutreten, ohne zu klopfen oder mich anders bemerkbar zu machen, wagte ich nicht; ich legte eine Hand an das Holz und bewegte die Tür leicht in den Angeln, um ein Gefühl für ihr Gewicht zu bekommen.

Als hätte das massige Portal auf diese Berührung gewartet, schwang es plötzlich auf. Vor mir stand eine Asiatin, ungewöhnlich groß und sehr jung. Unter einem zerschlissenen Wollpullover, der ihr fast bis an die Knie reichte, trug sie rote Samtleggins.

«Wir haben gerade Besprechung», sagte sie; ihr Englisch hatte einen starken Akzent, und ihre Stimme schlingerte einmal quer durch die Tonleiter. «Drei Stunden sitzen wir jetzt hier, vielleicht fünf?» Sie zog die Silben am Ende hoch, als wollte sie das Wort noch am letzten Zipfel festhalten, bevor ihre Lippen es für immer entließen.

Ich wollte mich vorstellen, aber sie unterbrach mich und

sagte, sie wisse, wer ich sei; sie bat mich herein und schloss die Tür hinter uns, als wäre damit das Wichtigste getan.

Wo mein Gepäck sei, fragte sie mit einem Blick auf die Tasche.

«Ich weiß nicht», sagte ich. «Am Flughafen, im Schnee. Sie bringen es morgen, die Zeit zwischen den Flügen war sehr knapp.»

Das passiere hier öfter, sagte sie. Ich könne das Nötigste von ihr haben. Sie heiße übrigens Nabi, das sei koreanisch und bedeute Schmetterling; sie sagte, dass sie mir jetzt mein Zimmer zeigen werde, ich müsse sehr müde sein von der Reise.

Ich folgte ihr eine breite Holztreppe hoch, über Stufen, die in der Mitte ausgetreten und augenscheinlich erst vor Kurzem mit neuem Teppich bezogen worden waren, vorbei an in Öl gemalten Porträts von Leuten, die mich ansahen, ganz gleich, von wo ich sie betrachtete. Der Kristalllüster im Foyer erhellte ihre Gesichter nur schwach; ich konzentrierte mich auf die letzten Stufen und heftete meinen Blick an Nabis Waden, die sich mit jedem Schritt durch den dünnen Stoff drückten. Ihre Füße schienen die Dielen kaum zu berühren, sie tappte vorbei an Sekretären, die im Gang standen wie Umzugskisten, vergraben unter Staub, Schmierzetteln oder angebissenen, schon braun gewordenen Äpfeln.

«Freigeister.» Nabi zuckte mit den Schultern. «Materie zählt hier nicht, ebenso wenig wie Zeit?»

Fast hätte ich ihr als spontane Reaktion auf die Frage geantwortet, ich hatte mich noch nicht an ihren Singsang gewöhnt, doch dann gab sie mir ein Zeichen und verschwand hinter einer Tür am Ende des Ganges.

«Ihr Zimmer?», hörte ich Nabis Stimme, und diesmal war auch ihr Blick eine Frage.

Der Raum war so stark geheizt, dass ich in der Tür stehen bleiben musste, um noch Luft zu bekommen. Drei Matratzen lagen in einer Ecke übereinander; auf dem Schreibtisch sah ich eine Topfpflanze, einen Radiowecker und einen Stapel originalverpackter Bettwäsche.

Ich könne mich in Ruhe umsehen, sagte Nabi, sie müsse allerdings wieder in die Konferenz, die Statuten des Hauses erlaubten eine längere Abwesenheit nur in dringenden Fällen.

Ohne dass ich noch eine Frage hätte stellen können, lief sie die Treppe hinunter, und ich stemmte das Fenster nach oben. Es ließ sich nicht ganz öffnen, aber sofort fraß sich eiskalte Nachtluft in meine Lunge. Selbst als ich mich zwang, langsam durch die Nase zu atmen, hatte ich das Gefühl, meine Stirnhöhle vereiste, doch war mir die Kälte weitaus lieber als die Luft in meinem Zimmer.

Ich sah zu der Anhöhe, auf der Cornell über den Hügeln von Tompkins County thronte, nur durch die schmale Straße vom Wald und dem Haus getrennt, in dem ich jetzt wohnte, doch das Einzige, was ich von hier aus erkennen konnte, war der Glockenturm am Rande des Campus, der die Universität wie ein Wächter gegen mögliche Angreifer abzuschirmen schien und von orangefarbenem Licht aus der Finsternis gehoben wurde.

Ich ließ das Fenster offen, schloss den Radiowecker an und bezog die oberste Matratze. Im Radio lief ein Lied, das ich seit über zwanzig Jahren nicht mehr gehört hatte; ich wurde ein bisschen sentimental, als ich Kopfkissen und Decke auspackte, aber nachdem das Lied zu Ende war, schaltete ich das Radio aus und ging ins Bad.

Eine Hitze umschloss mich, die noch intensiver war als die in meinem Zimmer, darin ein Geruch, als hätte jemand sehr lange sehr heiß geduscht. Das Bad war sauber und mit äußerster Sorgfalt eingerichtet. Jede Tube, jedes Fläschchen hatte seinen Platz, und die Bürsten und Flakons verrieten mir, dass ich es mit einem Mädchen teilen würde. Ich schraubte eines der Cremetöpfchen auf und roch daran, nur kurz, und sofort waren die Kopfschmerzen wieder da, die ich während des Fluges gehabt hatte. Ich presste mir beide Hände gegen die Schläfen und lehnte mich an die Wand.

Ich versuchte gerade, mich auf meinen Atem zu konzentrieren, als mein Blick an einem marineblauen, zu einem Quadrat gefalteten Badetuch mit Duschgel, Zahnbürste und einer Haftnotiz hängen blieb. Ich trat näher, um zu sehen, ob ich mich getäuscht hatte, aber es gab keinen Zweifel: Auf dem Zettel stand mein Name. Nabi musste entweder sehr schnell auf die Situation reagiert haben, was eigentlich ausgeschlossen war, oder man wusste bereits, dass mein Gepäck nicht mitgekommen war – was ebenfalls unmöglich war, ich hatte niemandem Bescheid gesagt und auch den Professor während der Fahrt nicht telefonieren sehen.

Ich strich mit den Fingerkuppen langsam an dem Frotteetuch entlang, als ich hinter der Tür zum Nebenraum ein Geräusch hörte. Ich verließ das Bad, ohne etwas verändert zu haben, schloss die Tür, zog mich aus, löschte das Licht und legte mich nackt unter die frisch bezogene Decke.

Der Sturm pfiff leise um das Haus. Manchmal flogen die Flocken fast waagerecht am Fenster vorbei, dann wieder schraubten sie sich schlauchförmig in die Höhe, nur um im nächsten Moment wieder zur Erde zu fallen.

Ob Nabi wusste, weswegen ich hier war? Kannte irgendjemand in dem Haus meinen Auftrag? Wie viel durfte, wie viel musste ich preisgeben, um an Informationen über Aaron Singer zu kommen?

Ich nahm das Handy und legte es auf mein Bett, während draußen der Schnee, Vogel- oder Fischschwärmen gleich, etwas Unsichtbares nachzeichnete: elektromagnetische Felder. Strömungen. Wind.

Sofort am nächsten Tag kündigte Ned seinen Job in der Werbung und beschloss, von nun an das System, das er mit aufgebaut hatte, für sich arbeiten zu lassen. Er fing an, all das auszunutzen, was er sich für die großen Firmen ausgedacht hatte: Probeabos. Bonuspunkte, Rabattmarken, Kundenkarten. Er bediente sich Strukturen, von denen er nie geglaubt hatte, dass sie funktionierten. Der Geld-zurück-Garantie. Der kostenlosen Testwochen. Maßnahmen, die Neds sportlichen Ehrgeiz weckten. Er wollte wissen, ob er es schaffen würde, ohne Geld, nur durch Fleiß und etwas Geschick, seinen Lebensunterhalt zu bestreiten. Er wollte alles geschenkt bekommen, von der Morgenzeitung bis zum Abendessen.

Das Wissen um das Verhalten der Konzerne kam ihm dabei zugute. Die panische Angst der Nahrungsmittelindustrie bei einer unerklärlichen Übelkeit nach dem Genuss des geschätzten Qualitätsprodukts. Einmal das Wort «Presse» in der Beschwerde, und Ned bekam neben blumigen Beteuerungen auch palettenweise Ware geliefert: Als kleines Dankeschön für Ihre Treue, testen Sie doch auch unser neues Produkt, wir sind sicher, dass Geschmack und Qualität Sie einmal mehr überzeugen werden.

Er ging zur Bank und beantragte einen Kredit, solange noch so viel Geld auf seinem Konto war, dass die Sachbearbeiter ihm aus der Hand fraßen. Er blätterte in einem Existenzgründungsprospekt, den er selbst getextet hatte, und sagte, er wolle eine Agentur eröffnen. Ihn langweilten die immer gleichen Frisuren, Anzüge, Parfüms, das ganze scheinsouveräne Gehabe, das man sich in Rhetorikseminaren antrainierte – Kurse, die Leute wie Ned erfunden hatten.

Er bekam den Kredit. Fünf Minuten später bot ihm der Filialleiter an, die Summe zu verdoppeln. Ned akzeptierte. Er wollte rausholen, was rauszuholen war, und dann für immer verschwinden. Seit dem Moment, in dem er Kasey begegnet war, wusste Ned, dass das Leben, das er bisher geführt hatte, nicht seins war. Was er brauchte, war eine komplett neue Version.

Mitten in der Nacht schreckte ich hoch, weil ich meinte, einen Schrei gehört zu haben. Ich lauschte noch eine Weile in die Finsternis, und als es still blieb, erhob ich mich von meinem Matratzenstapel. Der Radiowecker zeigte 4:55, ich hatte kaum fünf Stunden geschlafen, aber ich war hellwach und hatte Durst, also zog ich mich an und tastete mich zur Tür.

Ich knipste das Licht an. Das Zimmer war unverändert, doch im Bad hörte ich plötzlich ein Schaben, als kratzte jemand mit Fingernägeln an der Tür entlang. Schnell machte ich das Licht wieder aus und trat in den Flur.

Der Teppich fühlte sich fremd an unter meinen Füßen, es roch nach Holz und nach altem Stoff, und die Treppenstufen knarrten, als ich hinabstieg, dem Licht aus dem Keller entgegen. Vielleicht war es dieses Knarren, was das Haus noch stiller wirken ließ, eine Stille, die etwas Körperliches hatte und mich anzufallen drohte, sobald ich zu rennen begann. Keine Angst zeigen, dachte ich und zwang mich, langsam die Treppe hinunterzugehen, vorbei an lebendig wirkenden Gemälden, Köpfen, Händen.

Von dem Porträt einer Familie blickten mich Vater, Mutter und ihre Zwillinge, ein Junge und ein Mädchen, so bohrend an, als säßen sie über mich zu Gericht. Das Urteil längst in den Augen, schienen ihre wächsernen Gesichter unter meinem Blick zu zerlaufen. Das Sonderbarste an dem Bild aber war, dass ein Stück davon fehlte: Jemand hatte die Schwester unterhalb des Brustkorbs herausgetrennt, mit präzisen, rechtwinkligen Schnitten. Dort, wo vormals ihre Hände neben denen der anderen Familienmitglieder auf der

Tischplatte gelegen haben mussten, klaffte ein rechteckiges Loch, so groß, dass man das fehlende Teil seinerseits hätte rahmen und ausstellen können, wie auch die Lücke in dem Viererporträt selbst als gerahmte Leere erschien, ein dunkles Nichts, das mich die letzten Stufen nun atemlos hinabstürzen ließ, mit klopfendem Herzen dem Untergeschoss entgegen, einem weiß gestrichenen Keller mit Tischtennisplatte, Kicker und Fernsehecke, den noch erleuchtet zu finden mich beruhigte.

Ich ging weiter in einen Raum, der mich mit seinen Tischreihen und dem grauen Teppichboden an die Kantine einer Jugendherberge erinnerte, doch das blauschwarze Licht der Morgendämmerung verlieh ihm etwas Unwirkliches, fast Märchenhaftes. Vorbei am abgeräumten Büfett gelangte ich durch eine Doppelschwingtür in einen gefliesten Raum mit mannshohen Kühlschränken und stählernen Kaffeeautomaten. Ich öffnete einen der Schränke und wollte mir gerade ein Glas herausnehmen, als ich das gedämpfte Klappern von Töpfen hörte. Vorsichtig schob ich die Arme zwischen die Hälften eines milchigen Kunststoffvorhangs, warf ihn mir über die Schultern und trat in die Küche.

An der Herdzeile stand ein Mann, dessen asiatisches Profil im Neonlicht geradezu außerirdisch wirkte. Er hatte graue, kurz geschnittene Haare, er schwitzte und schlug Eier in eine Pfanne.

«Oh!» Er sah mich aus wachen, flinken Augen an. «Sind Sie der neue Professor?»

«Nein», sagte ich und lächelte, weil ich ihn von irgendwoher zu kennen glaubte, ich sei bestimmt kein Professor, sondern nur zu Gast in diesem Haus.

Vielleicht kannte ich ihn aus dem Fernsehen. Es war eher die virtuelle Art von Vertrautheit, die man Schauspielern gegenüber empfindet, mit denen man intime Momente geteilt zu haben glaubt.

«Ich kann Ihnen alles über das Haus erzählen.» Er wischte sich mit dem Ärmel seines Flanellhemdes den Schweiß von der Stirn. «Ich wache jeden Morgen früh auf», sagte er, «das Alter», aber mir scheine es ja ähnlich zu gehen, ob das die Zeitverschiebung sei, doch ich müsse entschuldigen, er habe sich noch gar nicht vorgestellt, sein Name sei Waldo, zumindest riefen ihn alle so; sein wirklicher Name sei so kompliziert, dass ihn sich keiner merken könne. Ob ich auch ein Ei wolle, fragte er, es gebe sogar Speck, aber was immer ich bräuchte, hier fände ich es, und dazu machte er eine Geste, als wollte er mich einladen, an seinem privaten Reichtum teilzuhaben.

Ein Ei sei vielleicht keine schlechte Idee, meinte ich, und Waldo sagte, gut, Herr Professor, und lachte, wie manche Leute niesen: scharf abgezirkelt und dreimal kurz hintereinander.

Als er unser Frühstück auf die Teller verteilt hatte, goss er aus einer Thermoskanne Kaffee in bunte Porzellanbecher und drückte mir einen davon in die Hand. Gemeinsam gingen wir in den Saal.

Auf den Tischen lagen abgegriffene, teils speckig glänzende Fachzeitschriften, die wir zur Mitte schoben, und als

Waldo meinen Blick bemerkte, zuckte er mit den Schultern. «Die Leute hier haben sonderbare Hobbys. Verstehen Sie was davon?»

«Quantenphysik?» Ich hob die Hände. «Ich kann ein Atom nicht von einem Elektron unterscheiden!»

Waldo lachte. «Darf ich fragen, was Ihr Fachgebiet ist?»

Ich war verblüfft von der Hartnäckigkeit, mit der er mich noch immer für einen Professor hielt, und erklärte erneut, dass ich kein Wissenschaftler, sondern lediglich in dem Haus untergebracht sei.

«Ha! Ha! Ha!» Waldo nahm Messer und Gabel in seine Fäuste wie ein Kind, das zum ersten Mal mit Besteck zu essen versucht. «Niemand ist hier bloß untergebracht.»

Warum ich denn dann seiner Meinung nach hier sei, fragte ich, und Waldo seufzte, als hätte ich seine Geduld bereits überstrapaziert: «Weil Sie auserwählt wurden.»

«Von wem?»

«Von der Gemeinschaft.»

Kurz überlegte ich, ob mein Auftraggeber vielleicht wirklich hier im Haus lebte.

Um was für eine Gemeinschaft es sich denn handele, fragte ich, und Waldo kaute auf einem Stück gebratenen Specks, als wollte er ein Für und Wider abwägen. Dann rückte er seinen Stuhl näher an den Tisch und wischte sich mit dem Handrücken über den Mund.

«Einen neuen Zugang zur Welt zu finden», sagte er. «Darum geht es. Eine Tür aufzustoßen jenseits der Grenzen natur- und geisteswissenschaftlicher Erkenntnis.»

Aber das sei ja großartig, rief ich. Von so einem Ort hätte ich immer geträumt! Fachleute, Spezialisten unterschiedlichster Disziplinen, die ohne Eitelkeit, ohne die sonst üblichen Machtspiele ihr Wissen zusammentrügen!

Waldo blies in seinen Kaffee, von dem er bisher noch keinen Schluck getrunken hatte, und sah mich über den Rand seiner Tasse ernst an: «Verraten Sie mir, wer Sie hierher gebracht hat?»

«Ein Professor der Universität», sagte ich. «Lawrence Nunn.»

«Ha! Ha! Ha!» Waldo ließ seine Tasse sinken. «Da hat man sich aber einen schönen Spaß mit Ihnen erlaubt!»

Ich nahm einen Schluck Kaffee, der überraschend heiß war und so bitter, dass ich vermutete, Waldo habe ihn erst in die Thermoskanne gefüllt, nachdem er auf der Warmhalteplatte verbrannt war.

Nunn habe mich persönlich hergefahren, erklärte ich, bemüht, ruhig zu bleiben. Ich hätte nicht den geringsten Grund, an seiner Existenz zu zweifeln.

«Hm.» Waldo schob sich noch ein Stück Speck in den Mund. »Wenn das so ist, Professor, muss es sich bei Ihrer Arbeit wirklich um einen ganz besonderen Auftrag handeln.»

Davon ginge ich auch aus, entgegnete ich und fragte, warum er mich noch immer für einen Professor halte. Ob eine akademische Laufbahn vielleicht Voraussetzung für die Aufnahme in die Hausgemeinschaft sei?

«Nein», sagte Waldo. «Nur der Wille, etwas verändern zu wollen. Verantwortung zu übernehmen.»

«Verantwortung wofür?», fragte ich, und Waldo sah mich derart unbewegt an, dass meine Worte immer mehr das unangenehme Gewicht einer abschließenden Bemerkung bekamen. Um ihnen die Schwere zu nehmen, trank ich noch einen Schluck Kaffee, der auf meiner verbrühten Zungenspitze ein dumpfes Gefühl hinterließ: «Was genau verändert sich denn in diesem Haus?»

Waldo blickte hinaus und lächelte. Die Morgendämmerung ließ die Schneedecke in wechselnden Farben schimmern, und Waldo fing plötzlich wieder an zu kauen, als hätte er es zwischendurch einfach vergessen. Neben seinem Teller stand ein Glas mit grünen Chilischoten. Es musste die ganze Zeit da gestanden haben, aber ich bemerkte es erst jetzt, als auf dem Schnee Sterne blitzten wie Brause auf der Zunge.

«Sie», sagte er. «Sie verändern sich.»

Ich hatte Durst. Unglaublichen Durst, das fiel mir erst jetzt wieder ein: Das war der Grund, weswegen ich in die Küche gegangen war. Ich wollte aufstehen, mir endlich ein Glas Wasser holen, doch mir wurde so schwindelig, dass ich sitzenbleiben musste. Auch die Kopfschmerzen flammten wieder auf; ich presste mir die Fäuste gegen die Schläfen, und noch während alles um mich herum dunkel wurde, klangen von weit her die Glocken des Turmes, die – ich hörte genau hin, um sicherzugehen, aber es gab keinen Zweifel: «Ob-la-di, Ob-la-da» von den Beatles spielten.

Seitdem er denken konnte, war Ned ein Sammler gewesen. Ein Archivar von Augenblicken, die er nicht verloren geben wollte. Das ziellose Lächeln einer Fremden. Die stumme Erkenntnis zwischen Liebenden. All die ungeschützten Momente, die zufällig sichtbar geworden waren, wie Spinnweben beim Öffnen einer Tür: zerrissen, noch bevor sie erfasst werden konnten. Und obwohl Ned wusste, dass die Schönheit dieser Momente gerade in ihrer Flüchtigkeit lag, ertrug er ihre Vergänglichkeit nicht. Sie waren ein unverhoffter Riss, durch den ihn eine Ahnung von der Größe dahinter anwehte, ein Anblick, für den Augen nicht geschaffen und Herzen zu eng waren.

Ned wollte es halten. Das Ewige. Die Vollkommenheit darin. Doch seine Erinnerung verformte, was er gesehen hatte, bettete es in andere Zusammenhänge, spann Geschichten daraus und drum herum, die mit dem, was er hatte festhalten wollen, nichts mehr zu tun hatten.

Um die Momente genau so dokumentieren zu können, wie sie sich ereignet hatten, besorgte sich Ned eine Videokamera. Mit den Aufnahmen würde er die Schönheit immer wieder abrufen, vielleicht sogar entschlüsseln können. Doch sobald er einen Augenblick erwischte, der ihm bewahrenswert schien, merkte er, dass drei Elemente zusammenwirken mussten, damit Schönheit entstand: das Geschehen, die Person, mit der es geschah, und der richtige Zeitpunkt.

War Schönheit derart flüchtig? Oder nur der Zustand, in dem sie wahrgenommen werden konnte? War eine identische Schwingung zwischen Ereignis und Betrachter Voraussetzung für jede Art von Erkenntnis? Etwas in der Richtung musste es sein, sonst hätte Ned sich nicht in Kasey verliebt, ohne überhaupt einmal ihr Gesicht gesehen zu haben. Es musste etwas von ihr ausgehen, für das er empfänglich war, und Ned wollte wissen, was das war.

Mit seiner Kamera arbeitete er an einer möglichst vollständigen Erfassung ihres Wesens. Jedes Detail, das er seinem Archiv hinzufügte, bestärkte ihn; jeder neuen Vorliebe von ihr trug er Rechnung, indem er seine Wohnung so veränderte, dass Kasey sich sofort verstanden fühlen musste, wenn sie endlich sein Zuhause beträte. Er füllte den Kühlschrank mit Dingen, die sie mochte. Strich die Wände in ihren Lieblingsfarben. Besorgte sich Musik, die er durch ihr offenes Fenster hörte, wenn sie allein war. Er stellte sogar Blumen für sie auf den Küchentisch, obwohl er wusste, dass sie verwelkt wären, noch bevor Kasey überhaupt ahnte, dass es ihn gab.

Er kaufte ihr Kleider. Parfüm. Schmuck. Wenn es um Kasey ging, gab er seine Ersparnisse mit leichter Hand aus. Solange Ned in seinem Baum saß, solange er allein mit sich und seiner Liebe war, fühlte er sich unbesiegbar. Doch sobald er hinabstiege in Kaseys Welt, käme eine unbekannte Größe hinzu: sie.

Natürlich stellte er sich vor, mit ihr zu sprechen. Mit ihr zu Abend zu essen, spazieren zu gehen. Einzig solcherlei Tagträume ließen ihn die Zeit, die sie mit Randal im Haus verbrachte, ertragen, und einmal in Gang gesetzt, waren diese Fantasien schwer zu stoppen. Sie spannen sich fast unbemerkt fort, und wenn die echte Kasey dann wieder im Garten war, erwachte Ned wie aus einem Traum in den nächsten, denn streng genommen war auch die echte Kasey nicht wirklich. Sie würde erst dann real werden, wenn sie Ned gegenüberstünde. Ohne Kasey an seiner Seite bliebe er immer unvollendet, ein Entwurf. Andererseits hatte er vor nichts größere Angst als vor dem Moment, in dem er sich ihr offenbaren würde, denn ab diesem Augenblick begännen die Unwägbarkeiten. Was, wenn sie ihn ablehnen oder sogar auf die Idee kommen würde, Randal auf ihn zu hetzen? Zwar gehörte es zu Neds Lieblingsfantasien, Randal aus dem Haus zu prügeln, Kasey für immer von ihm zu befreien. Doch blieb jede dieser Vorstellungen zunächst einmal genau das: eine Vorstellung.

Natürlich war er nicht feige. Ein Feigling hätte nie von heute auf morgen einen Job aufgegeben, der ihn finanziell unabhängig hielt. Ein Feigling hätte nie den Mut gehabt, ein erfolgreiches Leben abzustreifen, jede Sekunde nur noch einer einzigen Person zu widmen. Nein, dass er nicht Teil von Kaseys Realität war, lag nur daran, dass der Zeitpunkt noch nicht gekommen war. Aber Ned spürte, dass es nicht mehr lang dauern würde.

Noch bevor ich die Augen aufschlug, wusste ich, dass sich etwas verändert hatte. Für einen Moment hörte ich den Strom in den Leitungen surren, das Gas in den Röhren brennen. Ich hörte das Blut in meinem Körper, das Knacken tief in der Tischplatte, aber meine Kopfschmerzen mussten so bohrend geworden sein, dass sie wie eine Grenze wirkten, eine Schranke zwischen dem, was ich wahrnahm, und dem, was ich fühlte. Zwar wusste ich, dass ich mit Waldo hier gesessen hatte; ich wusste, worüber wir geredet hatten, doch spürte ich weder meinen Körper, noch erinnerte ich mich an meinen Namen oder mein bisheriges Leben. Es war, als hätte jemand, während ich schlief, die Zähler auf null gestellt.

Ich schloss die Augen und legte den Kopf wieder auf die Tischplatte, in der Hoffnung, dass es sich um eine vorübergehende Störung handelte, die dadurch behoben werden konnte, dass ich noch einmal aufwachte. Vielleicht, dachte ich, ist das, wie wenn einem auf überraschende Nachfrage sein Alter nicht einfällt. Möglicherweise steht nur ein Schock zwischen mir und meinem Leben, und sobald ich an etwas anderes denke, ist alles wieder normal. Vielleicht hat Waldo etwas in meinen Kaffee getan. Kein normaler Mensch schläft mitten im Gespräch am Tisch ein, nicht in seiner ersten Nacht in einem fremden Haus. Nicht mal, wenn er vollkommen übermüdet ist.

Ich versuchte, die aufkommende Panik zu unterdrücken. Man kann sich nicht einfach vergessen, dachte ich, stand auf und zog mein Portemonnaie aus der Hosentasche. Wenn ich meinen Namen wüsste, käme alles andere sicher von selbst. Ich würde in meinen Pass sehen, und das Ganze wäre nicht mehr gewesen als eine leichte Erschütterung, die den Laser kurz hatte springen lassen, eine winzige Unterbrechung, die in dem Moment vergessen wäre, in dem die Musik wieder einsetzte.

Mit zitternden Händen klappte ich mein Portemonnaie auf. Alles war weg: Ausweis, Führerschein, Kreditkarten. Nur das Bargeld nicht.

Es gibt eine Erklärung dafür, dachte ich. Die Karten können herausgefallen sein, als ich die Hose ausgezogen habe. Es ist dunkel gewesen.

Langsam stieg ich die Treppe hoch. Ich wusste noch genau, wo sich mein Zimmer befand. Nur mein Name war mir plötzlich abhandengekommen wie ein Schlüssel, von dem man nicht mehr weiß, wann genau man ihn das letzte Mal benutzt und wo man ihn hingelegt hat.

Kurz bevor ich das Erdgeschoss erreicht hatte, lehnte ich mich an das Geländer und versuchte meinen Atem zu beruhigen. Nicht verrückt werden, dachte ich. Alle wissen, wer ich bin. Bald habe ich meine Sachen wieder. Bald klingelt dieses Handy, mein Auftraggeber begrüßt mich mit Namen, und alles geht seinen Gang.

Ein leises Rattern im Foyer, hinter einer Tür, die nur angelehnt war, ein Raum, der gleich neben dem Saal liegen musste, in dem ich in der vergangenen Nacht die Konferenz beobachtet hatte. Ich sah noch immer den Mann an der Tafel, Waldo, den Professor; sogar die Frau von der Gepäckermittlung schien mir vertraut. Bloß an mich selbst erinnerte ich mich nicht mehr, zumindest nicht an den Menschen, der ich vor meiner Abreise gewesen war. Meine eigene Geschichte war wie ein Geheimnis, das mir vorenthalten wurde.

Ich stieg die Stufen bis zum Erdgeschoss hoch, trat vor die Tür, hinter der ich die Geräusche hörte, und schob sie ein

Stück auf. An einem schäbigen Schreibtisch, halb verborgen hinter Aktenbergen, saß eine Sekretärin, deren Alter sich nicht schätzen ließ und die aussah, als hätte sie ihr Leben ausschließlich in diesem Raum verbracht. Das bebrillte Gesicht über einen Ordner gebeugt, tippte sie Zahlen in eine Rechenmaschine. Hinter ihr stapelten sich Papiere bis zur Decke, und während ihr Kopf mit dem graublonden Haarknoten immer wieder zwischen Akte und Tasten hin und her ruckte, rührte ihre rechte Hand wie von einem unabhängigen Motor getrieben in einer Tasse, aus der es nicht mehr dampfte.

Ich räusperte mich.

Als die Sekretärin nicht aufsah, klopfte ich gegen die Tür, erst zaghaft, dann entschiedener.

Ob mein Gepäck mittlerweile angekommen sei, rief ich. Ich sei der neue Gast und in der vergangenen Nacht eingetroffen, nur sei unglücklicherweise mein Rucksack wegen des Schneesturms nicht mitgeliefert worden. Ob schon jemand da gewesen sei, um ihn abzugeben?

Wie das denn möglich sei, sagte sie plötzlich und sah mich aus kleinen Augen an. Wenn ich es geschafft hätte, hätte mein Rucksack es doch wohl auch schaffen müssen, weswegen nicht den Schneesturm die Schuld an der verspäteten Zustellung treffe, sondern die mangelnde Zeit, die den Bediensteten zwischen den Flügen verblieben sei, das Gepäck umzuladen. Da die Zeit aber sowieso nie schuld an etwas sei, zielten meine Klagen ins Leere.

Ich hätte nicht geklagt, sondern mich lediglich nach dem Verbleib meines Gepäcks erkundigt, sagte ich, verärgert darüber, dass man der Beantwortung einer einfachen Frage auf so empörende Art auswich, sogar glaubte, mich zurechtweisen zu dürfen. Was jedoch die Zeit angehe, habe sie natürlich recht, lenkte ich ein, und wenn die Art meiner Darstellung für Irritation gesorgt habe, bäte ich dafür um Entschuldigung.

Zwar fand ich es unangemessen, der Unverfrorenheit der Sekretärin auch noch mit Höflichkeit zu begegnen, aber ich hoffte noch immer, dass sie in ihre Unterlagen sehen und meinen Namen nennen könnte.

Ob ich jetzt bitte gehen würde. Sie sei nicht befugt, sich mit Hausbewohnern zu unterhalten; ich brächte sie in Schwierigkeiten, sowohl mit meinen Fragen als auch mit meiner bloßen Anwesenheit im Büro.

Ich sei kein Hausbewohner, wiederholte ich, sondern nur zu Gast, und sobald mein Gepäck eintreffe, möge sie mich bitte informieren.

«Es gibt keine Gäste», sagte sie. «Jeder, der hier übernachtet, wohnt in diesem Haus.»

Ich war kurz davor, die Beherrschung zu verlieren, riss mich aber zusammen und beschrieb ihr so ruhig wie möglich die Lage meines Zimmers.

Die Sekretärin jedoch hatte ihre Arbeit bereits fortgesetzt, als sei sie durch ein ungewohntes Geräusch nur kurz irritiert gewesen. Auf ihrem Gesicht lag noch ein Schatten des Vorwurfs, dass ich ihr Zeit gestohlen hatte, die sie für weit dringendere Angelegenheiten als meine benötigte.

Ich verließ das kleine Büro, ihr zugewandt, damit mir kein

Zucken ihres Gesichtes entging. Dann drehte ich mich um und lief zur Treppe.

Ich suchte nicht nur den Boden ab. Ich durchwühlte auch mein Handgepäck, ertappte mich sogar dabei, einzelne Bücher aufzuklappen, auszuschütteln, durchzublättern; ich schob meine Arme in voller Länge zwischen die Matratzen und wischte durch die Zwischenräume, doch meine Karten und Papiere blieben verschwunden.

Warum konnte ich mich an meinen Ausweis erinnern, nicht aber an den Namen, der darauf gestanden hatte? Wahrscheinlich, weil man sich an seinen Namen nicht als ein Wort erinnert, dachte ich und begann, die Bücher aus der Tasche in ein Regal zu sortieren, was mir nach einer Weile so absurd vorkam, dass ich fast gelacht hätte: weil ich noch immer nicht glauben konnte, dass das alles wirklich geschah. Und weil ich mich nicht mal an die Bücher erinnerte. Weder an die Titel noch daran, sie jemals gelesen zu haben. Im Rucksack dagegen waren mein Fotoapparat, in dem ein zur Hälfte belichteter Film steckte, und natürlich mein Laptop, auf dem alles gespeichert war, was ich bisher geschrieben hatte: E-Mails, Notizen und sämtliche Werke, die ich unter anderen Namen verfasst hatte.

Ich drehte mich, um festzustellen, ob mir etwas entgangen war. Doch das Einzige, was ich sah (und was mich erschreckte, weil ich den kleinen Spiegel vorher nicht bemerkt hatte), war mein Gesicht, dessen Anblick mich ebenso befremdete wie schon vor einigen Stunden im Flugzeug.

Ich wusste, dass ich Ghostwriter war. Dass ich hierher gekommen war, um einen Auftrag zu erfüllen. Aber alles, was jenseits der Grenzen dieses Auftrags lag, war weg, jetzt, da mir die Bilder abhandengekommen waren, die Erinnerung an das Leben, das ich vor meiner Ankunft geführt hatte.

Ich zog meinen Mantel an und steckte das Handy in die Tasche. Vielleicht wusste man bei der Universität Bescheid; der Professor hatte meine Ankunft sicher gemeldet.

Ich öffnete die Zimmertür.

Direkt vor mir, als hätte sie die ganze Zeit dort gewartet, stand ein Mädchen. Sie war fast so groß wie ich, und ihre Augen hatten eine Farbe, die ich erst ein Mal gesehen hatte. Das Bild zuckte wie ein Blitz aus dem Dunkel meiner Erinnerung, ohne Zusammenhang, aber so deutlich, dass ich sogar wusste, wie ich mich damals gefühlt hatte: Es war ganz sicher *meine* Erinnerung, die mir eingefallen war, wie Licht in eine Kamera fällt, ausgelöst durch diese Augen.

Ich tauchte in einem Waldsee. Sah, wie sich das Sonnenlicht unter Wasser brach, wie die Strahlen den See erleuchteten, blassblau und hellgrün, mit feinen Schwebstoffen darin und einer Tiefe, die mich schwindeln ließ.

So waren ihre Augen.

«Wo willst du hin?»

Wenn sie wirklich die ganze Zeit vor der Tür gestanden, vielleicht sogar gelauscht hatte, hatte sie das mit einer erstaunlichen Schamlosigkeit getan.

«Weiß nicht», sagte ich. «Rumgehen. Mir die Gegend anschauen.»

«Nimm mich mit.» Ihre Haare musste sie selbst geschnitten haben, sie hingen ihr in schwarzen, unregelmäßigen Strähnen in das leicht sommersprossige Gesicht, und unter ihnen lauerten ihre Augen wie von Ästen getarnte Krokodiltümpel. «Du verirrst dich ohne mich.» Sie verschränkte die Arme vor der Brust und schob die Hände unter die Achseln.

«Lebst du hier?», fragte ich, um Zeit zu gewinnen. Und weil ich Angst hatte, in eine Falle zu laufen.

»Und du?» Sie legte den Kopf schräg und grinste wie jemand, der wusste, dass es längst keine Zeit mehr zu gewinnen gab.

«Ich bin nur Gast.»

Wenn dieses eine Bild den Weg zurück aus meiner Erinnerung gefunden hatte, dann war es vielleicht nur eine Frage der Zeit, bis auch der Rest folgen würde. Ich betrachtete ihr Gesicht, spürte aber nur die irritierend intensive Gegenwart ihrer Haut.

«Und wenn wir die Gäste sind?» Sie lehnte sich in den Türrahmen, schob das Becken vor und lächelte so breit, dass um ihre Mundwinkel halbmondförmige Fältchen entstanden, wie bei Delfinen. «Und du der Hausherr?»

Sie trug Jeans und ein Oberhemd, das ihr bis über die Hüften reichte. Die Kette um ihren Hals sah aus, als hätte das Mädchen eine Zeit in den Wäldern gelebt und dabei alles, was sie am Boden gefunden hatte, auf eine Schnur gezogen: Eicheln, Kastanien, Federn. Überhaupt wirkte sie wie eine Landstreicherin. Eine lauernde, zigeunerhafte Wildheit umgab sie, die weder Verwahrlosung noch moralischer Verrohung zu erwachsen schien, sondern der Erkenntnis, dass es zwischen Wunsch und Erfüllung keinen Unterschied gab.

«Ich kann dir viel über das Haus erzählen», sagte sie, «aber nicht hier. Die Wände …» Sie blickte an den Türen entlang, als wären es Augen, dann schob sie sich in mein Zimmer und legte mir einen Finger an die Lippen. «Die anderen dürfen nichts hören. Ich komm ja mit dir, aber nicht so», flüsterte sie, «nicht so.» Sie schlich bis dicht vor die Badezimmertür, und als sie eine Weile daran gelauscht hatte, riss sie sie auf. Ich sah weg, weil mir das peinlich war, selbst wenn niemand im Bad war. Ein derart obszönes Öffnen der Tür musste auch im Zimmer dahinter zu hören gewesen sein.

Sie winkte mich heran. Seit dem letzten Mal hatte sich nichts verändert. Sogar – die Haftnotiz mit meinem Namen war noch da!

«Sieh mal», sagte sie, «die Liebe, mit der sie alles eingerichtet hat. Das kleinste Detail.»

Angestrengt versuchte ich den Namen auf dem Zettel zu entziffern. Der erste Buchstabe war ein V. Oder ein M. Dann ein A, ein T oder N …

«Es ist ebenso dein Bad wie ihres. Benutz es, wann immer du willst. Klopf an, wenn du möchtest. Aber schließ nie die Tür ab. Türabschließen ist verboten», sagte sie, und ich fragte mich, was wohl noch alles verboten war in diesem Haus, in dem laut Waldo vor allem an der Überwindung von Grenzen gearbeitet wurde.

H … A … Ich kniff die Augen zusammen. Die Buchstaben fingen an zu tanzen.

«Man darf uns nicht zusammen sehen», sagte sie. «Geh hoch zum Campus und warte am Glockenturm auf mich.»

N-A-T … NATHAN! Auf dem Zettel stand Nathan! Das war mein Name?

Ich formte seinen Klang in Gedanken, immer wieder, spürte dem Gefühl nach, das er in mir hinterließ, zog ihn mir an wie ein Kleidungsstück und prüfte, ob es mir stand.

Nathan. Nat.

Die Freude über die schlichte Tatsache, dass, wer immer mich verwirren wollte, diesen winzigen Zettel übersehen hatte, war schierer Enttäuschung gewichen: Der Name fühlte sich fremd an. Falsch. Wenn aber nicht mal mein eigener Name mir etwas sagte, worauf sollte ich dann noch hoffen?

Etwas strich um meine Wade. Ich zuckte zusammen.

«Keine Angst», sagte das Mädchen, «das ist nur Schrödinger.»

Schrödinger war eine große, rotbraune Katze, und ich musste an das denken, was mir Waldo über die seltsamen Hobbys der Bewohner erzählt hatte.

«Die Katze, die gleichzeitig tot und lebendig ist», erklärte sie, als sie meinen Blick bemerkte. «Erst im Moment der Beobachtung entscheidet sich, wie sie gefunden wird.»

«Deine Katze wirkt jedenfalls ziemlich lebendig.»

«Du hättest sie sehen sollen, als sie zu uns gekommen ist.»

Ich starrte auf ein Spinnengewebe an der Decke, das sich langsam im Luftzug bewegte.

«Und jetzt geh.» Das Mädchen rutschte langsam an der Tür hinab. «Sonst kommen wir hier nie mehr raus.»

Kasey hatte schon oft mit Bäumen gesprochen. Sie antwortete allem, das mit ihr sprach, selbst Stimmen, von denen sie nicht wusste, woher sie gerade kamen. Sie redete mit sichtbaren und unsichtbaren Leuten und mit Leuten, die nur sie sehen konnte. Sie sprach Menschen auf der Straße an, die zur Zielgruppe gehörten, und sie sprach mit Leuten am Telefon, denen sie Lotteriescheine und Versicherungen verkaufen sollte. Sie hatte alles auf ihrem Monitor: was sie antworten musste, wenn die Stimme am anderen Ende sagte, sie habe keine Zeit. Oder kein Interesse, kein Geld oder genügend Versicherungen. Für Kasey war es wie Urlaub, Sätze zu benutzen, die sie nur vom Bildschirm ablesen musste.

Neben den Monitor hatte ihr Arbeitgeber einen kleinen Spiegel gehängt, an dem jeden Tag ein anderer Spruch klebte. Texte, in denen es darum ging, dass man ein ganz besonderer Mensch sei. Dass man immer freundlich sein solle, weil dann auch die Menschen freundlich zu einem selbst seien. Dass ein Tag ohne Lächeln ein verlorener Tag sei und heute der erste Tag vom Rest des Lebens. Überhaupt, dass man aus allem immer das Beste machen solle.

Kasey fand es schön, jeden Morgen einen neuen Spruch am Spiegel zu finden. Viele ihrer Kollegen machten sich darüber lustig, aber Kasey schrieb sich die Sätze sogar in ein kleines Buch. Die Texte ihres Chefs waren wie eine Gebrauchsanweisung für den Tag, und Kasey mochte es, genaue Anweisungen zu haben. Dass auf dem Monitor stand, wie sie reagieren musste, wenn eine Frau sagte, sie habe drei kleine Kinder zu versorgen und weder Zeit noch Geld für das, was Kasey ihr verkaufen wolle.

Ihre Gespräche waren wie verzweigte Wege, die in jeder Richtung schon zu Ende gedacht waren. Kasey musste sie nur noch gehen. Und natürlich darauf achten, nicht in der Zeile zu verrutschen. Aus Versehen etwas zu sagen, das für eine ganz andere Stelle des Gesprächs gedacht war.

Einmal hatte ihr Chef, der alle Telefonate aufzeichnete und stichprobenartig kontrollierte, ihr vorgeworfen, sie habe, nachdem ein Mann unter Tränen gestanden hatte, er habe soeben erfahren, dass seine Frau tödlich verunglückt sei, «Ich wünsche Ihnen trotzdem noch einen schönen Tag» gesagt. Glücklicherweise konnte Kasey sich noch genau an die Situation erinnern. Verzweifelt hatte sie auf dem Monitor nach einem passenden Satz für diesen Zweig der Baumstruktur gesucht und, als sie nichts über verstorbene Ehefrauen gefunden hatte, sich schnell für einen der Abschlusssätze entschieden, die sie nur benutzen durfte, wenn gar nichts mehr ging.

Kasey hatte es irgendwie geschafft, ihren Chef davon zu überzeugen, dass das Ganze sein Fehler gewesen sei. Dass er sich dann eben Sätze hätte ausdenken müssen für Leute, die gerade nicht wussten, was sie mit dem Rest ihres Lebens anfangen sollten.

Ihr Chef hatte noch ein bisschen geredet und mit seinen Händen getan, als wollte er etwas bauen. Aber Kasey durfte weiterarbeiten, und am nächsten Morgen klebte an ihrem Spiegel der Spruch: «Selig jene, die wissen, wohin sie gehören.»

Zweimal die Woche verbrachte Kasey jeweils fünf Stunden vor dem Monitor. Eine Zeit, die sie genauso genoss wie die Nachmittage, an denen sie als Meerjungfrau auf der Straße stand und mittelalte Damen ansprach. Am Telefon und vor der Kaffeerösterei war sie die Hüterin der Worte. Die Stimme in den Köpfen der Leute. In diesen Stunden hatte sie die Macht. Die Stimme in ihr kam nur, wenn es still wurde. Wenn sie allein war mit sich.

«Remember who you are»: Das war der Spruch gewesen, dessentwegen sich Kasey damals das Büchlein zugelegt hatte.

Er stand noch immer auf der ersten Seite.

Als ich den Turm erreichte, spielten die Glocken gerade den Anfang eines ziemlich komplizierten Liebesliedes, dessen Namen ich vergessen hatte. Manchmal überholten die Töne einander, klang eine kleine Glocke vor oder gleichzeitig mit einer dunkleren, obwohl ihr Ton erst später dran gewesen wäre. Die gesamte Abfolge geriet durcheinander, während mir der Schnee fast waagerecht ins Gesicht wehte, Eissplitter Stirn und Wangen betäubten. Ich stieg Treppen hoch, die ich nur ahnte, versank bei jedem Schritt bis zu den Waden und stand schließlich an der hüfthohen Mauer, die den Turm zum Tal hin begrenzte.

Ich schob eine dicke Schicht Schnee von der Oberkante

hinab und sah zu, wie sie im Flug zerstob, wie die Stücke Löcher in den Neuschnee am Hang schlugen, winzige Krater, die sofort verschluckt wurden, überblendet in schmerzendes Weiß. Ich kniff die Augen zusammen, bis meine Gesichtsmuskeln zitterten, hielt Ausschau nach ihr, überall, und als ich sie endlich sah, wusste ich nicht, woher sie kam und ob das, was ich für die Erde hielt, nicht schon der Himmel war.

Sie war nicht mehr als ein ferner Umriss, eine vom Schnee schraffierte Kontur in einer Welt, die sie aufzulösen drohte. Jeder Meter war ein Sieg gegen das Ungefähre, gegen eine Landschaft, die blind machen, Weiß in Schwarz umschlagen lassen konnte, und als sie mich endlich erreicht hatte, waren die Glocken längst verklungen.

«Laurabell.» Sie hielt mir die Hand hin und sah mich an, als erwartete sie etwas.

«Seltsamer Name», sagte ich und nahm ihre Hand, die warm war und kräftig wie die einer Cellistin. «Fast wie aus einem Traum.»

«Ich bin die Einzige, die so heißt», sagte sie, lauter jetzt, weil der Sturm den Klang ihrer Worte verschlang. «Ich verkörpere diesen Namen. Hast du eine Vorstellung davon, was das bedeutet? Dein Name zu sein, wie niemand sonst auf der Welt dein Name ist?»

Ihre Haarspitzen tanzten vor meiner Wange wie irr gewordene Kompassnadeln, und am liebsten hätte ich ihr gesagt, dass ich gern gewusst hätte, wie es überhaupt ist, einen Namen zu haben.

Laurabell führte mich quer über den Campus. Sie erzählte von der Zeit, in der Ithaca noch von Indianern bevölkert gewesen war, Irokesen, das erkläre auch die Namen der Straßen und Seen. Später sei der Ort dann zu einem Zentrum der Hippie-Bewegung geworden, heute jedoch künde von dieser Vergangenheit nur noch der freiheitliche Geist, der wie ein Echo längst vergessener Tage über der Universität und vor allem über dem Haus schwebe, in dem wir untergebracht seien.

Ob Lawrence Nunn auch ein Freigeist sei, fragte ich.

Laurabell sah mich lange an, schüttelte sich eine verschneite Strähne aus dem Gesicht und sagte, sie wolle mir etwas zeigen, es sei nicht weit.

Jenseits des Campus, unmittelbar hinter den Hauptgebäuden, tat sich eine bizarre Landschaft auf. Als hätte man die Zeit zurückgedreht, waren wir plötzlich umgeben von einer Wildnis, die mich einen Moment lang sprachlos machte. Schroffe Klippen sprangen aus dichten Wäldern, und die Gischt der Wasserfälle fügte einer Welt aus Weiß eine weitere Nuance hinzu.

Laurabell führte mich auf eine Brücke, von der aus man auf einen See blickte, dessen Wasser unter einer dicken Schicht aus Schnee und Eis hinablief, über zu Stalaktiten gefrorene Massen, die nur ahnen ließen, mit welcher Wucht die Fluten hier normalerweise in die Tiefe stürzten.

«Beebe Lake.» Laurabell breitete die Arme aus, als wollte sie mir den See schenken.

Ich umklammerte das Geländer und sah plötzlich Irokesen am Kamm auftauchen, den Hang hinunterreiten. Die Hufe ihrer Pferde peitschten das Wasser, es schien zu kochen, sprudelnd, schäumend, während unter uns das Wasser in zu feiner Gischt zersprühten Kaskaden die Felsen hinunterstürzte, lautlos scheinbar, denn das beständige Tosen war für mich längst zu einem Hintergrundrauschen, zum Bodensatz meiner Wahrnehmung geworden wie der allgegenwärtige Schnee, der mir nur noch auffiel, wenn er gerade nicht mit unerbittlicher Regelmäßigkeit die Grenze zwischen Himmel und Erde verwischte.

«Siehst du das?» Laurabell deutete auf ein Brückenhaus, das eine Schlucht am anderen Ufer überspannte. «Angeblich wohnt er jetzt da. Keiner weiß, was er darin treibt. Aber es mehren sich die Gerüchte, dass er langsam durchdreht. Die Universität jedenfalls hat er seit dem Tod seiner Tochter nicht mehr betreten.»

«Was ist mit ihr passiert?»

«Ein Unfall», sagte Laurabell. «Vor sieben Jahren. Ihre erste gemeinsame Reise. Bulungula. Ein kleines afrikanisches Dorf, nicht mehr als zwei Dutzend Rundhütten, lose verteilt über die Hügel der Wild Coast. Nunn war hingefahren, um ein Buch über die spukhafte Fernwirkung zu beenden, ein bisher nicht erklärtes Phänomen der Quantenphysik: Offenbar können Teilchen so eng miteinander verbunden sein, dass schon die Messung des einen den Zustand des anderen beeinflusst – ganz gleich, wie weit in Zeit und Raum sie voneinander entfernt sind. Nunns Theorie besagt, dass die Partikel Teile einer höher dimensionierten Wirklichkeit sind, in der sie eine Einheit bilden.»

«So wie den Bewohnern einer zweidimensionalen Welt das Eindringen einer Kugel wie eine scheinbar zusammenhanglose Folge von erst größer und dann kleiner werdenden Kreisen erschiene», sagte ich, weil ich den Gedanken schon mal gehört hatte.

«In etwa. Jedenfalls sitzt er wie jeden Tag vor seiner Hütte am Strand und arbeitet. Er und seine Tochter sind fast drei Stunden vom Flughafen in Mthatha aus dorthin gefahren. Es gibt keine Straße nach Bulungula, nicht mal einen Weg. Der Geländewagen poltert scheinbar wahllos die Hügel rauf und runter, folgt den Exkrementen von Kühen und Eseln, die den letzten grünen Halm längst entdeckt haben. In der verdorrten Erde klaffen Löcher; die Krume ist aufgeplatzt von der Trockenheit, und irgendwann, die Hitze, das Schaukeln, das alles scheint ewig so weiterzugehen, taucht plötzlich das Meer auf: Das brennende Land empfängt die strudelnden, reißenden Wasser des Indischen Ozeans in einer Lagune wie aus einem Märchen.»

«Die ideale Umgebung für jemanden, der sich ganz auf das Papier vor seiner Nase konzentrieren muss», lachte ich.

«Eine maximal entschleunigte Welt zumindest», sagte Laurabell, «und vielleicht deshalb besonders geeignet, um über die Nichtexistenz der Zeit schreiben zu können. Der Stamm der Xhosa wohnt in Lehmhütten mit nur einer Matte zum Schlafen darin und irgendwelchen Knochen, die Geister fernhalten sollen oder zu anderem Spuk benutzt werden, der für einen Physiker wie Nunn nicht mehr ist als Folklore. Im Wald wächst sogar ein Baum, der Wünsche wahr werden lässt, aber dieses vergessene Fleckchen Erde selbst ist für Nunn die Erfüllung eines Traumes.»

Laurabell schwieg eine Weile, und ich fragte mich, woher sie das alles wusste. Warum sie mir die Geschichte erzählte, als sei sie dabei gewesen.

«Dass das Baden vor der Küste gefährlich ist, hat man ihnen schon am ersten Tag gesagt», fuhr sie fort. «Eine Warnung, die sich weniger auf die fehlenden Hainetze als auf die Strömung bezieht, die einem schon die Beine wegzureißen droht, wenn man nur bis zu den Waden im Meer steht. Aber Nunns Tochter ist eine trainierte Schwimmerin, weswegen er sich auch keine Sorgen macht, als sie eines Tages trotzdem ins Wasser geht. Auch die Jungen aus dem Dorf sieht er oft baden, und noch nie ist einem von ihnen etwas passiert.

Sie dreht sich noch einmal um. Nunn lächelt und widmet sich dann wieder dem Phänomen der spukhaften Fernwirkung.

Als er das nächste Mal aufsieht, ist seine Tochter weg. Er weiß nicht, wie lange er in das Manuskript vertieft war, zehn Minuten vielleicht, höchstens eine Viertelstunde. Nunn steht auf, kneift die Augen zusammen. Vielleicht ist sie ein Stück weiter an Land gegangen.

Nunn wird unruhig. Er versucht sich zu konzentrieren, aber es klappt nicht. Er läuft zur Lodge, dem einzigen Ort, an dem es Strom und ein Telefon gibt. Er sagt, was passiert ist. Schnell bildet sich eine kleine Gruppe um ihn. Der Betreiber der Lodge greift sofort zum Hörer, und als folgten sie einem stummen Ruf, kommen plötzlich von überall her Leute über die Hügel. Der Dorfälteste murmelt etwas, das wie ein Gebet klingt, und Nunn rennt los, den Namen seiner Tochter rufend, beobachtet von unbewegten Gesichtern.

Der Hubschrauber braucht eine Stunde, bis er da ist. Er fliegt übers Meer, an der Küste entlang. Der Pilot zuckt mit den Schultern, dann dreht er noch eine Runde und fliegt wieder zurück. Eine weitere Stunde später kommt ein Geländewagen mit Tauchern.

Nach Sonnenuntergang sitzen alle stumm beim Essen und warten auf Niedrigwasser. Die Ebbe kommt gegen elf. Dann zieht sich das Meer sechshundert Meter zurück und gibt den Blick frei auf das, was unter der Oberfläche verborgen liegt: Felsen. Steine. Holz.

Es ist Vollmond. Die Frauen des Dorfes haken sich unter und gehen am Strand entlang. Es ist eine Kette aus stummen Menschen mit gesenkten Köpfen, deren Füße auf dem nassen Sand kein Geräusch machen.

Die Frauen nehmen den Abschnitt rechts der Flussmündung, Nunn und die Männer aus dem Dorf suchen links davon. Sogar Kinder und Jugendliche sind dabei. Sie haben Taschenlampen, obwohl der Mond so hell ist, dass man fast alles erkennen kann. Sie leuchten zwischen die Felsen, auf schwarze Äste, um zu sehen, ob das wirklich Äste sind.

Nunn geht zurück zur Hütte, aber seine Tochter liegt nicht im Bett. Er steigt auf einen Hügel und sieht aufs Meer, sieht ein Dutzend Frauen im Mondlicht schweigend ineinander verhakt durchs Watt ziehen. Er verfolgt die irrlichternden Kreise der Taschenlampen und sieht seine Tochter im Schatten eines jeden Felsens, unter jedem Baum.»

«Sie haben sie nicht gefunden?»

Laurabell schüttelte den Kopf.

Vom Wasserfall her wehte eiskalter Nebel über mein Gesicht. Ich versuchte, etwas im Brückenhaus zu erkennen, aber hinter den Fenstern war alles dunkel.

Ob ich mit ihr auf den See komme, fragte Laurabell. Das Eis sei längst stark genug, werde aber noch immer unterspült, das müsse ich wissen: Mit jedem Schritt könne man einbrechen, fortgerissen werden in bodenlose Tiefen.

Der See knisterte, als wir unsere Füße auf die Oberfläche setzten, und Laurabell sagte, dass ich aufpassen solle. Die gefährlichen Stellen, an denen das Eis durch eingeschlossene Äste, durch Steine und Strömungen besonders brüchig sei, wären unter dem Schnee kaum zu erkennen.

«Kennst du einen Aaron Singer?», fragte ich.

Es hatte fast aufgehört zu schneien. Die Flocken auf ihrer Haut schmolzen sofort.

«Viele Menschen kommen hierher», sagte sie, «und dann, eines Tages, sind sie verschwunden.»

Es krachte unter uns. Laurabell blieb stehen, wippte auf ihren Fußspitzen, und plötzlich sprang sie, die Beine geschlossen, stieß ihre Sohlen auf das Eis, dass es gluckerte und vibrierte, aber es brach nicht. Sie sprang noch einmal, rammte ihre Stiefel mit voller Wucht auf den Grund, und als es wieder nur knackte und nicht brach, sagte sie, dass ich keine Angst haben müsse: Sie sterbe nicht. Sie hätte es mehrfach probiert, aber ihr passiere nie etwas. Wenn sie sich auf eines verlassen könne, dann darauf.

Kasey stand am Fenster und sah hinaus, obwohl es draußen nichts zu sehen gab. Es könne spät werden, hatte Randal gesagt.

Kasey betrachtete den Baum. Es kam ihr vor, als wüchsen seine Blätter immer dichter an das Haus heran. Morgens, nachmittags und abends kam flaschengrünes Licht durch das Fenster, ganz gleich, ob draußen die Sonne schien oder nicht. Seit sieben Wochen war ihr Wetter grün.

Kasey legte ihre Fäuste an die Scheibe. Wie einen fernen Abglanz spürte sie plötzlich eine Gewissheit in sich aufsteigen, die sie als Kind immer gehabt hatte: einer Zukunft entgegenzusehen, die irgendwie hell war. Kasey flüsterte einen Satz, immer wieder, bis das Glas vor ihrem Mund beschlagen war. «Lauf, Dunkel, lauf», flüsterte sie. «Lauf, Dunkel. Lauf.»

Dann strich sie sich über die Stirn und holte tief Luft, als wäre sie aus einem Land zurückgekehrt, das weiter entfernt lag, als sich das überhaupt jemand vorstellen konnte.

Kasey löschte das Licht und legte sich ins Bett. Sie dachte an das, was bald geschehen würde, und irgendwann im Schlaf hörte sie, wie die Haustür geöffnet wurde. Sie hatte von etwas geträumt, das sich wie ein Fluss anfühlte, der einem Kiefernwald entsprang. Der Fluss war kalt und klar, und es gab Forellen darin, die wie Regen schimmerten, während die Sonne den lang gezogenen Rand einer Wolke beleuchtete.

Randals Schuhe fielen aufs Parkett. Er rief ihren Namen, immer wieder. Kasey hörte, dass er betrunken war.

Als sie nicht antwortete, ging er ins Wohnzimmer. Er bemerkte den Fernseher, den sie angelassen hatte. Sie konnte Randals Verunsicherung an seinen Schritten hören. Wie er vom Wohnzimmer in die Küche und dann ins Bad lief.

Die Schlafzimmertür ging auf. Kasey schloss die Augen und presste ihren Kopf ins Kissen.

Bitte, dachte sie. Bitte nicht.

Schon vor der Tür zum Speisesaal hörte ich Teller und Besteck klappern, durchmischt von lebhaften Stimmen; eine Situation, die ich bei meinem ersten Auftritt unbedingt hatte vermeiden wollen: inmitten einer jäh entstehenden Stille den Blicken der versammelten Hausgemeinschaft ausgesetzt zu sein.

Laurabell hatte vom Glockenturm aus fünf Minuten Vorsprung gewollt, mir jedoch verschwiegen, dass die Zeit bis zum Abendessen derart knapp war.

Ich öffnete die Tür. Alle saßen bereits an den Tischen, nur Waldo stand noch am Büffet, zusammen mit dem Mann, der in der vergangenen Nacht die Konferenz geleitet hatte.

So selbstverständlich wie möglich ging ich zu ihnen, doch gerade mein zur Schau gestelltes Desinteresse schien den Bewohnern zu verraten, dass sich plötzlich etwas verändert hatte. Zwar rissen die Gespräche weder ab, noch sah mich jemand direkt an, aber das Gemurmel geriet ins Stocken, und aus den Augenwinkeln wurde jeder meiner Schritte von überscharfen Sinnen verfolgt. Schnell nahm ich einen Teller vom Stapel und trat neben Waldo.

«Professor!» Waldo deutete eine Verbeugung an. «Ich hoffe, Sie mögen Mexikanisch!» Er schaufelte Bohnen, Fleisch und Guacamole auf die Hälfte eines Teigfladens und klappte die andere Hälfte darüber. «Wir haben gerade von Ihnen gesprochen.» Er nickte in Richtung seines Gesprächspartners: «Darf ich Ihnen Polonius vorstellen? Er ist sozusagen der Kopf des Hauses, auch wenn ihm diese Einschätzung sicher nicht behagt.»

Aus der Nähe betrachtet war Polonius' Haar fast weiß; seine blassblauen Augen wirkten in dem porzellangleichen Gesicht beinahe durchsichtig. Unter einem sandfarbenen Cordanzug trug er ein Hemd, auf dem ich kein einziges Fältchen sah.

«Wie gefällt es Ihnen hier?» Polonius hatte einen zarten Händedruck; er sprach näselnd und so leise, dass ich nah zu ihm treten und den Kopf schief legen musste. «Ihre Meinung interessiert uns sehr, gerade in Bezug auf Ihren Auftrag.»

Ich versuchte, mir meine Überraschung nicht anmerken zu lassen und schaute zu Waldo, der sich in diesem Moment abwandte und mit seinem Teller zum Tisch ging.

Wenn er auf das Projekt anspiele, sagte ich, da habe sich Waldo mir gegenüber leider mit Andeutungen begnügt. Außerdem glaubte ich nicht, dass ich qualifiziert sei, einen Beitrag zu einem derart ambitionierten Vorhaben leisten zu können.

«Keine Sorge, Professor», Polonius lächelte, «wenn Sie das nicht bereits täten, wären Sie nicht hier.»

Ich durfte mich nicht hinreißen lassen. Bevor ich nicht mehr über meinen Auftrag und meinen Auftraggeber wusste, war es besser, so vorsichtig wie möglich zu bleiben.

«Kommen Sie», sagte Polonius, «setzen Sie sich zu uns.»

Hastig gab ich aus jeder Blechwanne etwas auf meinen Teller, packte ein paar Teigfladen dazu und folgte ihm an den Tisch. Im Vorbeigehen ließ ich meinen Blick über die Hausbewohner schweifen. Waldo gehörte zu den wenigen, die sich zum Essen ein Jackett angezogen hatten, die meisten saßen in fleckigen Shirts und löchrigen Jogginghosen am Tisch.

«Was meinen Sie damit, ich leiste bereits einen Beitrag?» Ich setzte mich neben Polonius, dessen jungenhaftes Gesicht mit den weißen Haaren und den fast farblosen Wimpern mich noch immer irritierte. «Welcher Art?»

«Nun ja, Sie sind hier, nicht wahr?»

«Ich bin hier, um einen Auftrag zu erfüllen.»

Polonius breitete die Arme aus, als hätte ich ihn damit eher bestätigt als ihm widersprochen. «Und Ihr Auftraggeber?», fragte er. «Warum macht er sich so rar?»

Was er denn bitte über meinen Auftraggeber wisse, fragte ich, woraufhin Polonius auf eine Weise lachte, die mir sofort zuwider war: «Anscheinend mehr als Sie.»

Ich beschloss, Lawrence Nunn so bald wie möglich einen Besuch abzustatten. Gleich am nächsten Morgen wollte ich ins Brückenhaus gehen und alles klären. Anderenfalls würde ich eben wieder abreisen.

Ich stand auf, um mir etwas zu trinken zu holen, nahm ein Glas vom Büffet und ging damit zu einem Wasserspender, den ich in der Nacht wohl übersehen hatte.

Ich zog den Hahn nach oben. Dumpf glucksend stiegen Luftblasen durch den blautransparenten Plastiktank, überholt von einem irrlichternden Strom kleinerer Bläschen, als ich hinter mir plötzlich ein Grunzen hörte. Ein Mann Mitte zwanzig, in zerrissenen Hosen und einem offenen, bis zu den Achseln hochgekrempelten Hemd stand über das Büffet gebeugt und schnüffelte ungeniert an der Blechwanne mit Fleisch. Seine Koteletten reichten bis an den Unterkiefer, sein Gesicht sah aus, als hätte er im Kohlenkeller geschlafen, und durch seine von Wunden und Blutergüssen übersäte Haut drückten sich kräftige Muskeln. Die Haare schien er mit einem Stein gestutzt zu haben, so struppig standen sie in alle Richtungen, und als er seinen Oberkörper aufrichtete und in meine Richtung sah, erkannte ich das Emblem auf seinem Hemd: ein gestickter Kranich, kaum größer als ein Daumennagel, aber es fehlte die Hälfte des rechten Flügels, was meinen letzten Zweifel zerstreute, dass es sich um ein Stück meines verloren geglaubten Gepäcks handelte.

«Das ist mein Hemd», sagte ich automatisch.

Sein Blick bohrte sich so intensiv hinter meine Stirn, dass ich den Kopf senkte. Nur aus den Augenwinkeln nahm ich noch wahr, dass er direkt aus der Schüssel fraß, ohne die Hände zu nehmen, ohne Besteck, und nachdem er fertig war, kam er zu mir.

Ich wich einen Schritt zur Seite. Der Junge stellte sich vor den Plastiktank, zog an dem Hahn und hielt den Kopf unter das fließende Wasser. Er trank, und anschließend schüttelte er sich, dass die Tropfen spritzten.

«Wo sind meine Sachen?» Diesmal versuchte ich, seinem Blick standzuhalten, aus dem nichts sprach als eine stumpfe Drohung. «Was ist mit meinem Gepäck passiert?»

Die Gespräche an den Tischen waren leiser geworden, und erst jetzt sah ich, dass Waldo mich mit einer grünen Chilischote zu sich winkte.

Ohne den Jungen aus den Augen zu lassen, wich ich an meinen Platz zurück und setzte mich wieder zwischen Waldo und Polonius.

«Das ist Zac», flüsterte Waldo. «Entschuldigen Sie, dass ich es versäumt habe, Sie zu warnen; ohne Vorbereitung löst die Begegnung mit ihm sicher ... Befremden aus.»

Das könne ich nicht leugnen, gab ich zu und erkundigte mich nach seinem Fachgebiet.

«Zac ist der Hüter der Kammer», sagte Waldo. «Sie hätten ihn anfassen müssen, als er sich neben Sie gestellt hat. Das war seine Art, Respekt einzufordern.»

«Was für eine Kammer?», fragte ich, aber Waldo winkte sofort ab. «Wenn Sie Glück haben, brauchen Sie sich darum keine Gedanken zu machen. Falls Sie jemals dorthin gelangen, dann nur, weil es unbedingt nötig ist.»

Das klinge ja beruhigend, sagte ich, während Zac die Tische zu umrunden begann und sich die Hausbewohner wirklich so neigten oder wandten, dass sie ihn zumindest kurz streiften. Einige streckten sogar die Hand nach ihm aus, strichen mit den Fingerspitzen an ihm entlang, kraulten seinen Nacken.

«Mir scheint, er ist eher der Haushund.»

Waldo ließ wieder sein dreifach geniestes Lachen vernehmen, eine weitere Chilischote verschwand zwischen seinen ständig mahlenden Kiefern, und erneut flammte Durst durch meine Kehle. Seit meiner Landung hatte ich nichts mehr getrunken, obwohl ich mir mehrmals ein Glas mit Wasser gefüllt hatte.

«Wo ist mein Gepäck?», fragte ich, während Waldo seine Hand nach hinten streckte, weil Zac sich ihm näherte. «Der Kerl da trägt mein Hemd. Es muss sich hier im Haus befinden!»

Zac streifte Waldos Schulter. Als er hinter meinem Rücken vorbeiging, hörte ich ein leises Knurren, und plötzlich waren auch die Kopfschmerzen wieder da, eine hämmernde Schwärze, die mit jedem Schlag Bilder produzierte. «Was ist mit meinem Rucksack? Wo bin ich hier gelandet!»

Diesmal war es Polonius, der sich zu mir beugte: «Sie werden es erfahren, Professor», sagte er, und die Glocken des Turmes versetzten die Finsternis in immer intensivere Schwingungen. «Schon bald.»

Da war ein Geräusch, und es war nicht in ihrem Kopf. Es kam aus dem Garten. Als striche etwas sehr Leichtes an etwas Rauem entlang. Immer wieder.

Kasey stand auf. Draußen war alles dunkel. Randal schlief. Sein Körper nahm über zwei Drittel der Matratze ein.

Kasey ging ans Fenster und stellte sich auf die Zehenspitzen. Der Mond hing groß und tief hinter den Blättern; Kasey konnte das Gartentor erkennen und ein Stück des Rasens. Sie hatte keine Ahnung, woher das Geräusch kam. Aber sie wusste, dass sie es irgendwo schon mal gehört hatte.

Kasey kratzte mit dem rechten Fuß an der linken Wade entlang, rauf und runter. Und plötzlich erinnerte sie sich: das Meeresmuseum, in dem sie mit Randal gewesen war. Es gab dort ein U-Boot, das Randal interessiert hatte, und weil Kasey keine Lust gehabt hatte, fast eine Stunde bei schlechter Luft in engen Kammern zu verbringen, war sie schon weiter durch die Ausstellung gegangen.

Der Raum, in dem Kasey auf Randal wartete, sah aus wie eine Grotte. Rundum wurden künstliche Wellen auf die Wände projiziert. Es sollte sein wie unter Wasser. Man war umgeben von leuchtendem Blau.

Kasey setzte einen der Kopfhörer auf, durch die man die Geräusche der Tiefsee hören konnte: Walgesänge, Seebeben oder das Knirschen von Pipelines auf dem Meeresgrund. Die meisten Geräusche waren zufällig aufgezeichnet worden, von Unterwassermikrofonen, die die Navy installiert hatte, um frühzeitig sowjetische U-Boote ausmachen zu können. Doch Kasey interessierte sich vor allem für das, was vor und nach den Lauten zu hören war: das Geräusch des Wassers in der Tiefe. Es schien von überall her zu kommen, ein Sirren, das ihren Körper in feine Schwingungen versetzte. Kasey hangelte sich von Kopfhörer zu Kopfhörer, um dem Wassergeräusch zu lauschen, das jedes Mal anders klang, weil die Aufzeichnung entweder extrem verlangsamt oder beschleunigt wiedergegeben wurde.

Die Laute aus der Tiefsee waren nach ihren Ursachen geordnet, in seismische, biologische, technische und mysteriöse Geräusche. Die letzte Kategorie versammelte bisher nicht identifizierte Laute, die genauso hießen, wie sie klangen: Pfeifen, Flüstern, Zug, Blubb, Bremsen. Aber ein Geräusch war darunter, das hieß Julia.

Kasey hörte es sich mehrfach an. Es war das einzige Geräusch, das sie mochte. Sie las die Infotafel dazu und sah sich den Laut Julia übersetzt in eine farbige Grafik an. Sie las, dass seine Ursache in vier Kilometern Tiefe vermutet wurde. Der Laut Julia klang wie ein Seufzen und gleichzeitig wie etwas Stilles, doch seine Lautstärke, das stand auf der Tafel, lasse auf ein Lebewesen schließen, das weit größer sei als alle bisher bekannten Meeresbewohner.

Kasey lauschte in den Garten. Was sie gehört hatte, war wie dieses Geräusch aus der Tiefe gewesen. Unsagbar laut und gleichzeitig nicht mehr als ein Hauch, der nachts über die Felder streicht. Ein Geräusch, das ohne erkennbaren Grund einen Mädchennamen trug.

Kasey zog sich ein Kleid über und trat auf die Veranda.

Der Mond leuchtete wie glühendes Kupfer, und Kasey ging zu dem Baum. Sie lehnte sich mit dem Rücken an den Stamm, rutschte langsam zu Boden und wartete auf die Stimme. Sie sah in den Mond und begann ihren Hinterkopf leicht gegen den Baum zu schlagen.

Etwas hatte begonnen. Jetzt, in diesem Moment.

Ich wachte auf, weil jemand an meine Tür klopfte, auf eine Art, die darauf schließen ließ, dass, ganz gleich, wer draußen stand, nicht zum ersten Mal geklopft hatte. Ich wälzte mich von meinen Matratzen und rieb mir die Augen. Der Wecker zeigte drei Uhr fünf.

«Was tust du hier?»

Laurabell war in mein Zimmer geschlüpft, noch bevor ich die Tür ganz geöffnet hatte. Sie kauerte sich in eine Ecke.

«Ich hab Angst», sagte sie, «vor der Dunkelheit. Nicht vor dem, was sich darin verbirgt, sondern davor, dass sich nichts darin verbirgt.»

Ich schloss die Tür; ich war noch immer nicht ganz wach. Ich wusste nicht, was ich tun sollte, also ging ich erst mal zu meinen Matratzen zurück und setzte mich darauf.

Es sei die Dunkelheit selbst, die sie ängstige, flüsterte Laurabell. Die sie bloßstelle, in der sie sich beobachtet fühle. Nicht von einem Wesen, sondern von sich selbst. Wie sich ihr Körper auf der Matratze krümme, wie bemitleidenswert, sagte sie, erbärmlich. Der Widerwille gegen die Person auf dem Bett sei so stark, dass sie sofort verschwinden wolle; ihr Wunsch nach Selbstauslöschung steigere sich im

Laufe der Nacht, bis sie sich nicht mehr sehe, gleichwohl aber noch wahrnehme, das sei das Schlimmste. Ob ich das verstünde, fragte sie, zog ihre Strümpfe aus und setzte sich, jetzt nur noch mit einem Hemd bekleidet, neben mich auf die Matratzen, so nah, dass ich automatisch ein Stück zur Seite rutschte.

«Nein», sagte ich.

Laurabell ließ sich nach hinten fallen, stopfte sich ein Kissen unter den Kopf und sah zur Decke. «Seitdem ich denken kann», sagte sie, «träume ich denselben Traum. Er handelt davon, dass ich schwimme, in einem Teil des Ozeans, in dem ich noch nie gewesen bin. Ich bin keine besonders gute Schwimmerin. Meine Knochen sind leicht; ich stelle sie mir oft hohl vor, ohne Mark, ein gespenstisches, transparentes Gestänge, vom Salzwasser mühelos getragen. Das unbeholfene Gezappel vom Strand in die Brandung, der immer gleiche Schock, wenn das Wasser die Beine berührt, ganz gleich, wie kalt es ist, das Japsen nach Luft, wenn es den Bauch erreicht, das alles liegt hinter mir. Ich bin dort, wo das Meer den Strand vergessen hat, wo der Grund selbst bei klarstem Wasser nicht zu sehen ist.

Ich schaukele im Rhythmus der Wellen, bewege mich durch das Meer, obwohl ich weiß, dass sich in Wahrheit das Meer durch mich bewegt. Ich schwimme vorwärts, angezogen von einem Punkt am Horizont, spüre das Wasser, das mich hält und der schwachen Strömung widersteht, die meine Hände erzeugen. Meine Hände, seltsam und schön wie nirgendwo sonst, klar in der sanften Dünung, ich strecke sie von mir, sehe ihre schimmernde Sandfärbung.

Wabernde Muster gebrochenen Sonnenlichts zeichnen die Konturen meines Körpers gegen den dunkelgrünen Untergrund; ich weiß, dass sich der Golfstrom nach Norden bewegt, ich weiß, dass er Haie mitbringt, aus wärmeren Gewässern.»

Ich legte mich neben sie, achtete aber darauf, dass zwischen unseren Gesichtern noch genügend Abstand blieb.

«Haie schlafen nicht», sagte sie, «wusstest du das? Sie müssen pausenlos schwimmen. Mit offenem Maul zwingen sie Wasser durch ihre Kiemenspalten, um nicht in Tiefen zu sinken, in denen der Druck zu groß würde. Sie machen winzige Unregelmäßigkeiten im Umgebungsdruck aus. Ein verletzter Fisch. Ein Strampeln an der Oberfläche. Der Hai nimmt nur eine Silhouette wahr, die sich gegen das Licht zeichnet. Ein Seehund vielleicht.

Seehunde schwimmen nicht wie Fische. Sie schreien an der Oberfläche, tauchen ab und kommen dann wieder hoch. Sie tun das, worauf die Natur sie programmiert hat, während der Hai seine Berechnungen anstellt: Druck, Bewegung, Geruch. Etwas unterbricht das Licht. Druck, Bewegung, Druck: etwas, das allein ist.»

Laurabell sah mich an, in der bläulich schimmernden Dunkelheit einer vom Schnee ins Zimmer reflektierten Nacht, und ich glaubte, ihre Angst fühlen, sie greifen zu können. Wieder machte mich die Nähe ihrer Haut schwindelig.

«Menschen schwimmen wie Seehunde», sagte sie, «wie verwundete, sterbende Fische. Sie machen schnelle, unregelmäßige Bewegungen, sie plantschen. Der Hai glaubt sich dem schwächsten Teil seiner Welt gegenüber, während er es in Wahrheit mit einem sehr wandlungsfähigen Vertreter einer ganz anderen Welt zu tun hat.»

«Wenn du so gleichmäßig wie möglich nach unten tauchst», sagte ich, weil ich das irgendwo gelesen hatte, «schwimmt der Hai weiter. Tu in deinem Traum, wovor du am meisten Angst hast. Das verwirrt ihn.»

«Ich habe mal einem in die Augen gesehen», sagte sie. «Als Kind. In einem der größten Aquarien der Welt. Es gab dort ein Korallenriff, zwanzig Meter hoch, doppelt so groß wie eine Sporthalle. Man geht die Rampe an der Innenseite des Beckens entlang, vorbei an Clown-, Papageien- und anderen Fischen, die genauso aussehen, wie sie heißen. Die Rampe ist komplett mit schwarzem Teppich ausgelegt; das einzige Licht kommt aus dem Aquarium selbst, schimmernde Reflexionen künstlicher Wellen auf lebenden Korallen. Die Leuchtkraft der Fische wird erst verstärkt, dann überblendet von synthetischem Sonnenlicht. Deine gewohnte Welt verschwindet, wird abgelöst von der einzigen, die du jetzt siehst. Der Effekt ist überwältigend.

Du folgst der Rampe weiter nach unten, in den tiefsten Abschnitt des Glastanks. Das Licht wird schwächer, die Rampe dunkler; der Tank ist auf eine sehr präsente Art still.

Ich stehe dicht an der Scheibe. Lege eine Hand an das Glas. Meine Finger sind ausgestreckt gegen lehmgraue Körper, die unsagbar langsam an mir vorüberziehen. Ich bin allein in der Dunkelheit, umkreist von gigantischen Schatten, und plötzlich, erstarrt unter toten Perlenaugen, drückt sich das offene Maul eines Hais durch die Finsternis.»

«Aber zwischen dir und dem Hai ist diese Wand», sagte ich. «Dir kann nichts passieren.»

«Es geht nicht um den Hai», sagte sie. «Es geht um die Finsternis.» Sie rückte etwas dichter an mich heran, ich ließ es geschehen und fragte mich erneut, warum mich ihre Gegenwart so verstörte.

«Als Kinder lernen wir, keine Angst vor der Dunkelheit zu haben. Da ist nichts, höre ich die Stimme meiner Mutter noch immer aus Schränken, unter dem Bett hervor, und natürlich hatte sie recht: Da war nichts. Doch ich wollte, dass sie mir glaubt. Dass sie meinen Glauben an Monster teilt.»

Draußen sah ich den Schnee durch das blaue und orangefarbene Licht der Laternen wirbeln, und wieder fragte ich mich, warum sie mir die Geschichte von Nunn und seiner Tochter erzählt hatte, als sei sie selbst diese Tochter gewesen.

«Das Meer wird tiefer. Ich trete in grüne Welten, in denen ich nichts erkenne, beobachte meine Hände, Arme, sehe meinen Körper vom Himmel aus, einen Fremdkörper, den das Meer schlucken will, sehe ihn gleichzeitig aus den Tiefen des Ozeans: ein isoliertes Etwas, ein strampelnder Schatten, hilflos paddelnd. Druckwellen sendend. Signale. Doch mir passiert nichts. Weil ich keine Angst habe. Nicht vor Haien. Nur vor ihrer Abwesenheit, verstehst du?

Es ist wie dieses Gefühl, wenn mein Vater mich früher erschrecken wollte. Er senkt sein Kinn ins Meer, taucht ab und packt irgendwann meinen Fuß. Natürlich tut das nicht weh. Er versucht mich nicht mal unter Wasser zu ziehen, aber dieser Moment allein an der Oberfläche ist die Hölle. Meine Füße strampeln in Panik, und es ist mir egal, ob ich meinem Vater ins Gesicht trete; ich strampele mich mit aller Kraft aus dem Wasser, dem Himmel entgegen. Ich vergesse meinen Vater. Mein Vater existiert nicht, ebenso wenig wie der Hai oder die Hand, die meinen Fuß schnappen wird. Es ist die Leere, die dem Moment vorausgeht. Der Moment, in dem alles passieren kann.»

«Das Nichts», sagte ich, und Laurabell zwängte mir einen Finger in den Mund, krümmte ihn zwischen meinen Zahnreihen.

«Beiß», sagte sie. «Beiß ganz fest zu.»

Teil 2

Der Garten

What if you slept? And what if, in your sleep, you dreamed? And what if, in your dream, you went to heaven and there plucked a strange and beautiful flower? And what if, when you awoke, you had the flower in your hand? Ah, what then?

(Samuel Taylor Coleridge)

Es war nicht das erste Mal, dass Ned das Gefühl hatte, allein durch die Kraft seiner Sehnsucht eine Art Magnetismus auszuüben, der Kasey zu ihm brachte. Irgendwo schien es eine Frequenz zu geben, auf der sie miteinander kommunizieren konnten, über die es ihm möglich war, sie gewissermaßen herbeizudenken. Anfangs hatte er noch an Zufall geglaubt. Doch mittlerweile war ein Zusammenhang zwischen dem, was er sich wünschte, und dem, was dann tatsächlich geschah, nicht mehr von der Hand zu weisen: Noch vor wenigen Minuten hatte Kasey schlafend neben Randal im Bett gelegen, und jetzt saß sie hier, direkt unter ihm an den Stamm gelehnt. Sie hatte das Haus verlassen, kurz nachdem Ned beschlossen hatte, sich ihr zu offenbaren, weil er keine Nacht wie diese mehr ertragen, nie wieder sehen wollte, was Randal mit ihr tat, wenn er getrunken hatte.

Selbst falls sie sich nicht helfen lassen wollte, sollte sie wenigstens wissen, dass es ihn gab. Dass Ned ihre Rettung war.

«Hey.» Er beugte sich zu ihr hinunter; die Kamera hing von seinem Hals und pendelte zwischen ihnen.

Ned hatte genug Zeit gehabt, sich auf diesen Moment vorzubereiten. Er fragte sich, warum ihm nichts Besseres eingefallen war, als «Hey» zu flüstern, ein Wort, das jetzt für allezeit in ihrer Erinnerung gespeichert wäre als das, mit dem er sie angesprochen hatte, das ihm die Tür zu ihrer Welt aufstoßen sollte. «Hey, nicht erschrecken.»

Ned roch den Schnee, der schon seit Tagen angekündigt, aber noch immer nicht gefallen war, und er war überzeugt, dass er hätte hören können, wie die Flocken sich lösten, ihren samtenen Sturz aus unsichtbaren Wolken, so still war es, als Kasey endlich reagierte. Doch was sie tat, ließ Ned zurückzucken. Mit dem Hinterkopf stieß er gegen einen Ast.

Kasey hielt sich die Ohren zu. Sie presste ihre Hände an den Kopf und krümmte sich, bis sie fast den Boden berührte.

«Geh», rief sie. «Es gibt dich nicht, geh weg!»

«Shhhh», machte Ned und hasste sich dafür. «Ich tu dir doch nichts.»

Kasey riss ihre Hände vom Kopf wie Pflaster. Dann sah sie nach oben.

Ich bin ein Idiot, dachte Ned.

Kasey rannte zurück ins Haus. «Randal!», rief sie, und der Mond ließ ihre Haare lodern wie Flammen, «Randal, komm schnell! Da ist ein Mann im Baum!»

Ohne anzuklopfen, betrat ich am nächsten Morgen das Sekretariat, das zu meiner Überraschung unbesetzt war. Auf dem akkurat aufgeräumten Schreibtisch erkannte ich sofort meine Winterjacke – und meinen Fotoapparat, der darin eingewickelt gewesen war.

Schnell sah ich mich um, schob Rollcontainer beiseite,

zog Ordner aus den Regalen, sah sogar in die wenigen Schubladen, die nicht verschlossen waren, doch die Jacke und die Kamera blieben die einzigen Stücke meines Gepäcks, die ich fand.

Ich nahm meine Jacke, steckte die Kamera in die Tasche und stieg zu meinem Zimmer hoch. Immerhin war es ja möglich, dass dort bereits der Rest lag, doch seit ich zum Frühstück gegangen war, hatte sich nichts verändert. Nur das Handy blitzte in kurzen Intervallen. Ich klappte es auf und hörte die Nachricht ab. Sie war vom Professor. Seine Stimme klang, als müsste er sich zusammenreißen, um nicht die Fassung zu verlieren. Leise und sehr sanft erinnerte Nunn an die Wichtigkeit seiner Weisung, das Handy wirklich rund um die Uhr bei mir zu haben, das sei für meine Arbeit von entscheidender Bedeutung. Dann atmete er einmal zitternd ein und wieder aus.

Mein Auftraggeber, hörte ich, wolle mich treffen. Unmittelbar nach dem Abendessen solle ich mich im Brückenhaus einfinden, ich würde dort erwartet.

Die Nachricht endete mit einem Geräusch, das von einem Getöse wie aus Sturm und Brandung beinahe vollständig verschluckt wurde und so schnell vorbei war, dass ich es im Nachhinein für eine Täuschung hielt. Ich klappte das Handy zu, steckte es ein und lief die Treppe hinunter, wobei ich starr an den Gemälden vorbeiblickte. Ich durchmaß das Erdgeschoss mit langen Schritten, sah noch einmal ins Sekretariat, ging vom Computerraum in die Bibliothek, vom Kaminzimmer in den Konferenzsaal. Ich hielt Ausschau nach

Waldo oder Laurabell, irgendjemandem, der mir das Gefühl geben konnte, dass alles in Ordnung war, dass niemand mein Eigentum zurückhielt und durchsuchte, dass sich heute Abend alles klären und mein Auftraggeber mir endlich sagen würde, was ich hier zu tun hätte.

Obwohl außer mir niemand im Erdgeschoss war, lief ich weiter durch die Räume, versuchte, mir das Haus auf diese Weise anzueignen, und wirklich schien mit jedem Schritt die Grenze zwischen mir und dem Gebäude mehr zu verwischen. Ich fing sogar an zu summen, mit den Fingern zu schnippen, wurde schneller, sang lauter, konnte gar nicht genug von dem Knarzen der Dielen bekommen, dem Licht, das über Buchrücken fiel; ich lief, als wohnte ich seit Jahrzehnten dort, und als ich schließlich vor dem Eingang stand und an der Fassade hochsah, fühlte ich mich zum ersten Mal wie ein rechtmäßiger Bewohner.

Hinter einem der Fenster meinte ich sogar, Laurabell winken zu sehen, aber es hätte irgendjemand sein können, ich war nicht mal sicher, dass es kein Lampenschirm war; der Schnee verwandelte Formen in Schemen und Schemen in Schnee. Ich lächelte vage in Richtung des Hauses, hob zum Abschied eine Hand und stieg den bewaldeten Hang hinunter zur Straße, hinter der der Campushügel lag.

Es führten kaum Fußspuren durch den Neuschnee; die Seminare schienen spät zu beginnen, und die wenigen Studenten, denen ich begegnete, liefen mit weit geübterem Schritt die Steigungen und Treppen hoch als ich. Sie sprachen pausenlos in ihre Handys, aber jedes Mal, wenn ich dicht genug an ihnen vorbeiging, um einzelne Sätze verstehen zu können, hörte ich sie nur mitteilen, wo sie sich gerade befanden und dass sie später noch mal anriefen. Jeder Anruf schien eine Vertröstung auf den kommenden, den eigentlichen Anruf zu sein, ein Anruf, der vermutlich niemals stattfinden würde, weil es nichts mitzuteilen gab. Im Grunde dienten diese Gespräche eher dem Trost der Anrufer als dem der Angerufenen; sie waren wie eine Selbstbestätigung, eine Standortbestimmung: Hier bin ich, es gibt mich noch, der Schnee hat mich noch nicht verschluckt.

Quer über den Campus ging ich auf eine Morgensonne zu, die fern und wie ausgeblasen in einem Himmel ohne Farbe hing, und kaum hatte ich das Universitätsgelände verlassen, hörte ich wieder das Rauschen des Wasserfalls, an dem ich mit Laurabell gestanden hatte. Ich lief bis zur Brücke, richtete den Fotoapparat auf die halb gefrorenen, halb fließenden Wassermassen und überlegte, ob man später auf dem Bild würde unterscheiden können zwischen von Kälte und von der Zeit eingefrorenem Wasser. Ich machte drei Fotos mit unterschiedlichen Verschlusszeiten, dann schlug ich den Kragen meiner Winterjacke hoch und ging zum See.

Der Schnee fiel jetzt dicht und in großen Flocken; alles war von einer so betäubenden Stille, dass ich mich räuspern wollte, um mir zu beweisen, dass ich noch da war, doch blieb ich still, aus Ehrfurcht vor der Welt, die mich mit schmerzendem Weiß absorbierte. Die wenigen Disteln, die übergroßen Ameisen mit ihren abgefallenen Flügeln hielt ich erst für Sinnestäuschungen, war jedoch zunehmend dankbar für jeden Punkt, der meinen Augen Halt bot, wenigstens für einen Moment.

Irgendwo unter mir gluckerte es, ein Geräusch so köstlich und klein; ich wollte es aufheben und an mein Ohr halten, legte den Kopf auf den See, spürte die Kälte des Schnees an meiner Wange und wollte plötzlich liegen bleiben, mich bedecken lassen, bis ich verschwunden wäre. Das Gluckern schwoll zu einem Rauschen und riss dann ab, wie ein jähes Geräusch Schlafende die Oberfläche ihres Traumes durchbrechen lässt.

Ich stand auf und ging weiter über einen Grund, dessen Tragfähigkeit ich nur ahnen konnte. Im Gegensatz zu Laurabell war mir die Brüchigkeit des Eises mit jedem Schritt bewusst, und als es einmal mehrere Meter vom Ufer entfernt krachte, schlug die Angst über mir zusammen, ich könnte auf ewig wegbrechen, ein Schatten, der dicht unterhalb der Eisschicht dahinglitte und das Loch nicht mehr fände, durch das er gefallen war; ein Loch, das seine Rettung bedeuten würde.

«Randal!» Kasey rüttelte an seiner Schulter. «Randal, wach auf, da ist ein Mann im Baum!»

Zuerst gab er nur ein Grunzen von sich. Kaum jedoch hatte er die Bedeutung ihrer Worte erfasst, stieg er in seine Hose, nahm sein Gewehr und stürzte mit bloßem Oberkörper nach draußen.

Seine Haut schimmerte rötlich im Mondlicht; er schwitzte, wie immer, wenn er getrunken hatte, und Kasey fragte sich, ob dieses Etwas überhaupt ein Mann gewesen war. Im Grunde hatte sie nur eine schwarze Gestalt mit einer Kamera um den Hals erkannt, während der Baum ihr gerade erklärt hatte, dass sich bald alles ändern werde.

Plötzlich hatte sich diese zweite Stimme in ihren Kopf gemischt, eine Stimme, die Kasey nicht zuordnen konnte. Sie hatte sich die Ohren zugehalten, um den Baum richtig verstehen zu können, und als sie begriffen hatte, dass die Stimme nicht von innen, sondern von über ihr kam, hatte sie erschrocken den Kopf in den Nacken geworfen.

Das Etwas hatte sich zu ihr hinuntergebeugt und Geräusche gemacht, und Kasey war weggelaufen, aber jetzt hatte sie Randal bei sich, Randal, der sein Gewehr in die Baumkrone richtete.

«Runterkommen!», rief er und klang dabei wie die Leute in den Filmen, die er gern sah. «Schön langsam!»

Es war nicht ganz einfach, schön langsam aus dem Baum zu kommen; die Gestalt blieb immer wieder in den Ästen hängen, mit dem Kameragurt, der kleinen Tasche, die sie bei sich trug, aber schließlich stand sie mit erhobenen Händen vor ihnen.

«Wer bist du?», fragte Randal, und Kasey erkannte, dass das wirklich ein Mann war, der einen Taucheranzug trug. «Was willst du hier?»

Der Mann streckte den Zeigefinger aus und deutete stumm auf Kasey.

Eine Gänsehaut kroch ihr über den Rücken. Es war, als sei plötzlich ein Mechanismus in Gang gesetzt worden, der die

Außenwelt nach innen saugte und umgekehrt. Zwar hörte sie genau, was Randal sagte (er sagte: «Scheiße, ich hab's gewusst, der Kerl ist von der Versicherung»; er riss ihm die Kamera aus der Hand und stieß ihn vor dem Gewehrlauf her in Richtung Haus), aber gleichzeitig sah sie etwas, das nichts mit ihrem Garten, dem Mond und mit Randal zu tun hatte: Sie sah einen Mann unter Wasser. Sie hörte, wie er ihren Namen rief.

Auf der Suche nach einem Einkaufszentrum lief ich ziellos durch die Straßen, vorbei an Häusern, die sich nur durch ihre Farbe unterschieden. Hinter ihren Gärten fiel der Hang steil ab, und manchmal kamen Männer mit Styroporbechern aus Imbissen, um hinter den Steuerrädern ihrer überdimensionierten Autos zu verschwinden, als sei es wichtig, ständig in Bewegung zu bleiben.

Selbst essen und trinken schienen sie in den Dienst einer Haupttätigkeit zu stellen, die vielleicht darin bestand, eine Aufgabe vorzutäuschen, die es nicht gab, nur um nicht angesichts all der anderen sich ständig in Zeitnot befindenden Mitmenschen aufzufallen: ein großes Blendwerk, das alles in Gang hielt und in dessen Zentrum die Angst stand, gegenüber Ansprüchen zu versagen, die eben diese Angst kreiert hatten.

Mir fiel ein, was Laurabell über Freizeitbeschäftigungen im Haus erzählt hatte: dass Geräte wie Fernseher, Kicker oder Tischtennisplatte nur existierten, damit man sich an ihnen beweisen, ihnen also widerstehen könne. Dass es am

Ende nur darum gehe, sein Ego so rein wie möglich zu präsentieren. Wahrer Egoismus, hatte sie erklärt, sei niemals rücksichtslos, sondern Ausdruck höchster Erkenntnis: der Erkenntnis des Selbst, seiner Aufgabe in der Welt und seiner Funktion für die Gemeinschaft. Wahrer Egoismus sei mutig und stark und das Gegenteil von Angst. Da brauche man ihr gar nicht mit Diktatoren zu kommen, Massenmördern, Unterdrückern. Die seien nicht egoistisch gewesen. Bloß ängstlich. Alles Übel dieser Welt erwachse aus der Angst; Angst wiederum entstehe aus Unwissenheit, einer Unkenntnis des Selbst, weswegen die Selbsterkenntnis die größte und schwierigste Aufgabe des Menschen sei, schwieriger noch als die Verpflichtung, der Verantwortung dem Selbst gegenüber entsprechend zu handeln.

Zwar hatte ich es sonderbar gefunden, ein derart flammendes Plädoyer ausgerechnet von ihr zu hören, die so von Ängsten zerfressen war, dass sie nachts nicht schlafen konnte, aber ich hatte ihr nur weiter zugehört und nichts gesagt.

Nach einer Weile blieb ich stehen. Ich hatte mich in einem Wohngebiet verlaufen, in dem alles gleich aussah. Die Vorstellung, nie wieder herauszufinden, machte mich panisch; blind vom Schnee rannte ich zurück, bog ab, wurde schneller.

«Professor!»

Ich lief weiter.

«Hallo, Professor!»

Die Stimme kam mir vertraut vor. Ich wandte mich um. Auf den Stufen eines kleinen Antiquariats, das ich im Vorübergehen nicht wahrgenommen hatte, stand Waldo und winkte mir zu, ein Buch in der ausgestreckten Hand.

«Was verschlägt Sie in diese Gegend?»

Dankbar, ihn zu sehen, schüttelte ich seine Hand und folgte ihm in den Laden, der angenehm warm war, aber nach Staub und altem Papier roch.

Ich hätte mich auf der Suche nach einem Einkaufszentrum verlaufen, sagte ich. Vermutlich sei ich in Gedanken gewesen.

«Das glaube ich auch, Professor.» Waldo verschwand mit seinem dreifach geniesten Lachen zwischen den Regalen. Vor dem Abschnitt mit dem Buchstaben N bückte er sich, und kurz bevor er das Buch ganz in die Lücke geschoben hatte, erkannte ich auf dem Umschlag den Namen des Autors: Lawrence L. Nunn.

Das sei aber ein Zufall, rief ich, wo wir doch gestern noch von ihm gesprochen hätten!

Waldo winkte schnell ab und zog mich zwischen den Regalen hindurch Richtung Ausgang. Wir müssten uns leider etwas beeilen, er brauche noch Wein und eine Mütze gegen die Kälte, er könne mich jedoch mit zum Einkaufszentrum nehmen.

Als er mich durch die Tür schob, fing ich den Blick des Ladenbesitzers auf, einem hageren Kerl Mitte fünfzig, der vollkommen in seiner Umgebung aufging. Er sah mich an, als stünde er einem Gespenst gegenüber; er schien etwas sagen zu wollen, doch in dem Moment fiel die Tür hinter uns zu.

Waldo führte mich zu seinem Wagen und drückte mich auf den Beifahrersitz. Ich hätte mir das Buch von Professor Nunn gern angesehen, wollte Waldo aber nicht verärgern.

Vorbei an Schluchten, die sich schwindelerregend hinter Straßenzügen auftaten, fuhren wir einige Minuten, bevor Waldo auf einem fast unbesetzten Parkplatz hielt, hinter dem ein von Fahnen umwehter Betonklotz lag wie ein umgefallener Dominostein.

Das Einkaufszentrum erinnerte an ein Hallenbad. Auf dem Hartgummiboden quietschten unsere Sohlen wie Bademeisterschlappen; Leuchtstoffröhren tauchten den Raum in ein schattenloses Licht, und dezente Klaviermusik durchtanzte den überbelichteten Kosmos, in dem es weder Schmutz noch Schuld zu geben schien, wie eine blasse Erinnerung.

Bei einem Stundenservice gab ich den Film aus meiner Kamera zur Entwicklung, dann folgte ich Waldo durch Abteilungen mit T-Shirts, Jeans, Toilettenartikeln. Überall roch es nach Plastik, Gummi, Synthetik, nach Putzmittel und Parfüm. Ich lief zwischen Drehständern und Regalen hindurch, hatte die Wahl zwischen Zahnpasta für weiße und Zahnpasta für gesunde Zähne und entschied mich jeweils für das aggressivere Produkt: gegen Körpergeruch, für antibakterielle Reinheit.

Ich kaufte drei weiße Hemden, T-Shirts, einen schneefarbenen Strickpullover und zwei helle Hosen, und während Waldo sich Mützen ansah, wartete ich auf meine Fotos.

Ich schaffte es gerade noch, das Päckchen einzustecken,

bevor Waldo mich erreichte; ich wollte die Bilder in Ruhe ansehen, nicht unter seinen neugierigen Blicken.

Ob ich alles gefunden hätte, fragte er mit einem sonderbaren Unterton. Ich hob die Tüten leicht an und folgte ihm zum Auto.

Ned spürte den Lauf im Rücken. Stolperte die Stufen zur Veranda hoch, dahin, wohin er immer gewollt hatte.

Er überschlug seine Chancen. Randal hielt ihn für einen Privatdetektiv, von der Versicherung geschickt, um Kaseys Arbeitsfähigkeit zu dokumentieren. Also für eine Bedrohung. Und wie Randal mit Bedrohungen umging, demonstrierte er gerade.

Was aber würde passieren, wenn Ned die Wahrheit sagte? Dass er die Kamera nur dabeihatte, um Kaseys Schönheit der Zeit zu entreißen? Hatte er je festgehalten, wie sie ins Callcenter ging oder als Meerjungfrau verkleidet vor der Kaffeerösterei stand? Selbst wenn: diese Aufnahmen wären ein Witz gegen all die Tage und Wochen, die er Kasey am Haus und im Garten gefilmt hatte.

Und wenn Randal ihn für einen Perversen hielte? Einen Spanner, dem es Spaß machte, seine Freundin beim Laubfegen zu beobachten? Vielleicht würde er ihn verprügeln wollen, letztlich aber würde er ihn ziehen lassen. Hielte Randal ihn hingegen für den hemmungslos Verliebten, der er war, wüsste er nicht, wie er damit umginge. Was Ned für Kasey empfand, musste Randal unnütz vorkommen, fremd, aber vielleicht sähe er darin eine Fähigkeit, die ihm selbst fehlte, und Randal würde auf eine Art eifersüchtig reagieren, die Ned nicht absehen konnte.

Über die Schwelle zum Haus stieß ihn Randal weiter ins Schlafzimmer. Alles, was Ned bisher nur durch das Objektiv seiner Kamera, erschüttert vom zoomverstärkten Zittern seiner Hand, höchstens schemenhaft erkannt hatte, wurde unvermittelt Gegenwart, durch Masse, Gestalt, Geruch Teil einer Realität, die völlig verschieden war von jener, die er sich im Baum erschaffen hatte.

Der Doppellauf der Flinte stieß schwer und hart gegen seine Rippen und in die Mulde dazwischen, er konnte kaum atmen vor Schmerz. Durch tanzende rote Flecken sah er die Wände, den Teppich, Vorhang, Bett und Schränke konturlos ineinanderfließen, Ned taumelte in einer Welt aus Farben, und als ihn etwas am Kopf traf, erlöste ihn das vom Schmerz, der nur noch einmal aufflammte, als sein Brustkorb gegen die Messingkugel eines Bettpfostens prallte, während er fiel, ein Zeitlupenflug, versiegelt im Vakuum zwischen seinen Ohren, die plötzlich beschlagen waren wie nach einer Explosion, ein stumpfes Fiepen, das ihn aus Zeit und Raum hob, und noch bevor er auf die Matratze schlug, atmete er Kaseys Geruch, der hier so intensiv war, dass Ned die Augen schloss und lächelte. Diese Sekunde, bevor alles schwarz um ihn wurde, war ihm jeden Preis wert, und vielleicht war es dieser Knall, der ihn die Grenze überwinden ließ, eine Schallmauer, entstanden durch die Verdichtung von Luft zwischen Welten, die nie voneinander getrennt gewesen waren.

Vor dem Mittagessen klopfte ich noch einmal an die Tür des Sekretariats. Ich trat ein und fragte mit fester Stimme nach meinem Gepäck.

Wieder tat die Sekretärin unverschämt ahnungslos.

Was denn dann mit den Sachen sei, die ich heute Morgen auf diesem Schreibtisch gefunden hätte?

«Sie sind nicht befugt, eigenmächtig Dinge zu entfernen», sagte sie und sah mich müde, fast traurig an.

«Sie geben es also zu!», rief ich. «Sie wissen genau, dass die Sachen hier lagen!»

Sie rollte auf ihrem Stuhl zur Seite, blätterte in ein paar Zetteln, setzte die Brille ab und sah mich an: «Niemand besitzt hier etwas.»

Ich trat an ihren Schreibtisch, drückte meine Oberschenkel in die Kante. «Das Telefon.» Ich tastete in meiner Hosentasche nach dem Zettel mit der Rufnummer der Gepäckermittlung. «Ein Anruf, und man wird Ihnen sagen, dass das Gepäck bereits zugestellt wurde.»

Ich hielt den Zettel nach oben wie ein belastendes Beweisstück, und mit einer Geste, die noch trauriger war als ihre Stimme, schob sie mir das Telefon zu. Ich nahm den Hörer ab, wählte die Nummer und stellte auf laut: Die Sekretärin sollte meinen Triumph ruhig miterleben.

Langsam und sehr deutlich las ich der Dame von der Fluggesellschaft die Identifizierungsnummer vor. Ich hörte Tastengeklapper, das Rollen eines Schreibtischstuhls und nutzte die Gelegenheit, der Sekretärin verschwörerisch zuzuzwinkern. Sie wandte sich sofort ab.

«Nein», hörte ich, begleitet von lautem Knacken, sie bedaure: Unter meiner Nummer sei kein Gepäckstück registriert. Wie denn der Name sei?

Die Frage überrumpelte mich, und für einen Moment blitzte mein Name reflexhaft auf, doch als ich danach griff, stieß ich ihn unwillkürlich zurück in das bodenlose Loch, aus dem er gekommen war.

Ich zwang mich aufzulegen. Eine unsichtbare Kraft hielt mich davon ab, die Sekretärin zu packen, ihr ins Gesicht zu schreien, sie solle mein Eigentum herausgeben. Ich wollte etwas rufen, das mir das Gefühl geben konnte, das Zimmer als Sieger zu verlassen, doch fiel mir nichts ein, und so lief ich bloß aus dem Büro, ohne die Tür hinter mir zu schließen.

Im Computerraum saß niemand außer Nabi. Sie trug die roten Samtleggins, darüber einen Pullover, der ihr viel zu groß war. Die Ärmel hatte sie aufgekrempelt, sodass ihre Finger herausschauten, und der Ausschnitt hing so tief, dass ich den Ansatz ihrer Brüste sah.

Wenn ich unter diesem Pullover ein Hemd trug, sah man höchstens den obersten Knopf.

Als Ned die Augen aufschlug, blickte er Kasey direkt ins Gesicht. Ein Traum, den er oft gehabt hatte. Doch jetzt rundete sich genau vor ihm der Doppellauf einer Flinte zu einem Zwillings-O, dem Zeichen für Unendlichkeit.

Ned lächelte und sah Kasey in die Augen. Als hätte ein Pinsel das Schwarz ihrer Pupillen zu den Rändern der Iris hin gezogen, durch das noch feuchte Grün, das hell aus dem Porzellangesicht leuchtete, die Haut um die Nase voller Sommersprossen, so blass, dass sie auf seinen Aufzeichnungen nicht erkennbar waren. Die Spitzen ihrer kohlschwarzen Haare zitterten, als ihre Wimpern sie streiften; sie presste die Augen zusammen und öffnete sie dann wieder: Ein Kind, das sich vor etwas fürchtet.

«Warum trägst du einen Taucheranzug?»

Ihre Stirn kräuselte sich über der Nasenwurzel. Kasey beugte sich weit vor, als könnte sie ihn dann besser erkennen. Dabei saß sie schon so dicht, dass er ihre Füße hätte berühren können.

«Wo ist Randal?», fragte er.

Sie trug noch immer nichts außer dem Hemd, einer Unterhose und rotweiß geringelten Socken, die unter den Fußsohlen schmutzig waren; sie saß auf einem Holzstuhl und hatte die Beine rechts und links von ihm auf die Bettkante gestellt, mit den Zehen stieß sie sich leicht davon ab und ließ sich dann wieder zurückfallen. Kasey kippelte auf dem Stuhl herum, während sie die doppelläufige Schrotflinte auf ihn gerichtet hielt und ihm Fragen stellte, die Neugier verrieten, nicht Furcht.

Vielleicht hatte sie, während er bewusstlos gewesen war, entschieden, dass er nicht gefährlich aussah. Vielleicht beruhigte sie auch die Waffe auf ihrem Schoß.

«Woher kennst du seinen Namen?»

«Ich kenne auch deinen Namen», sagte Ned und flüsterte ihn, dreimal hintereinander, wie ein Gebet. Seitdem er Kasey zum ersten Mal gesehen hatte, war ihm nichts so leicht, so vollkommen gegenwärtig vorgekommen wie dieser Moment, in dem er mit verletztem Kopf und geprellten Rippen in ihrem Bett lag.

Sie sah ihn an, er hätte die Einsprengsel in ihrer Iris zählen können, und in diesem Augenblick wusste Ned, dass er immer bei ihr gewesen war, immer mit ihr gesprochen hatte, nur waren sie erst jetzt in der Wirklichkeit angekommen, Kasey und er, ihre Schenkel und sein Schmerz, dieses Bett und die Waffe. Alles ergab plötzlich einen Sinn; die Teile fügten sich, als hätten sie einen neuen Auftrag bekommen. Selbst das Gewehr war für Ned keine Bedrohung mehr.

«Wo ist Randal?», wiederholte er. «Bei der Polizei?»

«Geht dich nichts an.» Sie blinzelte, dass ihre Haarspitzen zitterten, und die naseweise Überheblichkeit in ihrer Stimme löste einen lächerlichen Stolz in ihm aus, weil er etwas entdeckt hatte, das er noch nicht kannte.

«Randal sagt, du machst unser Leben kaputt.»

Ned setzte sich auf, umschlang seine Beine mit den Armen, legte das Kinn zwischen seine Knie und lächelte.

«Du blutest», sagte Kasey.

Ned betastete die Stelle am Kopf, auf die sie mit dem Doppellauf zeigte. Seine Haare waren hart vom getrockneten Blut, und darunter schmerzte es. Überhaupt gab es, wenn er sich auf die Frequenz des Schmerzes einstellte, ziemlich viele Stellen an seinem Körper, die wehtaten.

«Ich mache dein Leben nicht kaputt.»

«Randal sagt, du bist von der Versicherung.»

«Bin ich nicht», sagte Ned.

Kasey schwieg eine Weile.

«Was hast du gemacht, da oben, im Baum?»

«Dir zugesehen», sagte Ned.

«Hast du keinen Job?»

«Ich hatte einen. Bis ich dich gesehen habe, in deinem Kostüm.»

Kasey ließ das Gewehr ein Stück sinken, beugte sich zu ihm und betastete den Neoprenanzug über seinem Knie: «Stimmt», sagte sie. «Das ist so ähnlich.»

Der Lauf bohrte sich rechts neben ihm in die Matratze. Ned hob ihn mit der Handkante an und richtete ihn wieder auf sich, drückte sein Brustbein gegen den Stahl, bis er das Zeichen für Unendlichkeit hart auf seinem Knochen spürte.

«Soll ich es dir zeigen?», fragte er.

«Was?»

«Den Film, in dem du die Hauptrolle spielst.»

«Wer bist du?»

«Nicht von der Versicherung.»

Kasey ließ das Gewehr sinken, deutete mit dem Lauf auf die Videokamera am Bettpfosten. «Beeil dich», sagte sie. «Wir haben nicht viel Zeit.»

Das oberste Foto musste kurz vor meiner Abreise aufgenommen worden sein. Ich saß in einem Flughafenbistro am Fenster; hinter mir wurden Gangways an Passagiermaschinen herangefahren, meine linke Hand lag auf einem Serviettenspender, in der rechten hielt ich eine Tasse. Ich sah nicht in die Kamera und wirkte auch sonst nicht, als wäre mir bewusst, dass ich fotografiert wurde.

Wer hatte das Bild gemacht? Sicher niemand, der mich zum Flughafen gebracht hatte; ich saß bereits ohne Gepäck bei den Gates. Der Gedanke jedoch, dass ein Fremder mich unbemerkt mit meiner eigenen Kamera fotografiert hatte, war absurd.

Ich blätterte weiter, sah Aufnahmen von Wasserfällen, Schluchten, die ohne die dritte Dimension, ohne den Schwindel, der von der Tiefe ausgeht, ohne das mächtige Rauschen, den Sprühnebel, der sich über das Gesicht legt und auf den Lippen schmeckt, wie die Luft nach Gewittern riecht, nach Kieseln, Erde und Metall – ohne den kühlen Atem, der aus wasserdurchtosten Steinschlünden emporsteigt und die Lunge füllt, so falsch wirkten, dass ich die Abzüge sofort fallenließ.

Dann Laurabell, die ich gar nicht fotografiert hatte, aufgelöst von wirbelnden Flocken, vor dem See auf der Brücke, in der Unschärfe erkannte ich das Brückenhaus als amorphes Gebilde.

Laurabells Blick war der einer Ertrinkenden. Ich sah ihr eine Weile in die Augen, dann steckte ich das Bild zitternd hinter den Packen, auf dem als Nächstes der Wasserfall sichtbar wurde, den ich vor wenigen Stunden aufgenommen hatte und dessen fließendes Wasser nicht zu unterscheiden war von seinem Eis. Das Foto zeigte etwas Irreales, obwohl es einen wirklichen Moment abbildete. Was verstörte, war die Zeit. Ohne den Faktor Zeit wäre es egal, ob sich gefrorene Wassermassen mit momentan herabstürzenden mischten. Es bliebe immer Wasser, ohne Vergangenheit, ohne Zukunft.

Das folgende Bild ließ mich zusammenfahren. Obwohl ich wusste, dass ich auch dieses Foto nicht gemacht hatte, dass es durch einen Irrtum des Labors in meine Tasche gelangt sein musste, wurde mir schwindelig. Der Schmerz breitete sich wieder zwischen meinen Schläfen aus, ich rang nach Luft und starrte zur Decke, aber es hatte sich bereits in mein Hirn gebrannt: das Bild von diesem Körper, einem unscharfen Etwas vor Wänden, an die sich schwach umschattete Rechtecke wie Phantombilder der entfernten Gemälde zeichneten.

Ich zwang mich, das Foto noch einmal genau zu betrachten, doch je angestrengter ich versuchte, etwas zu finden, das die Aufnahme erklären konnte, desto unsicherer wurde ich, ob überhaupt etwas darauf zu erkennen und nicht der Auslöser zufällig betätigt worden war, schließlich bestand das Bild fast nur aus fleckig verwischtem Weiß, und das Ding in der Mitte konnte irgendetwas sein, ein wehendes Tuch, eine Doppelbelichtung, entstanden durch übereinander liegende Negativstreifen in der Vergrößerungsmaschine. Was immer es war, verlor sich im Weiß, im Schwindeltanz der Rasterpunkte, und die nächsten Fotos bestätigten mir, dass es sich wirklich um einen Laborfehler handelte. Sie zeigten nichts als ein Mädchen, das ich noch nie gesehen hatte – und die Sonne, wie sie durch das Blätterdach eines Baumes fiel.

Kasey kauerte auf dem Sofa vor dem Fernseher und balancierte das Gewehr auf ihren Knien. Sie hatte die Vorhänge zugezogen und starrte auf den Bildschirm. Sie sah sich dabei zu, wie sie die Veranda hochlief und die Tür zu ihrem Haus aufschloss, wie das Licht in der Küche anging und sie sich vors Fenster stellte, dicht an die Scheibe. Wie sie nach draußen sah und ihr helles Gesicht durch die Spiegelung der Scheibe in Richtung des Baumes blickte.

Als läge sie sich selbst auf der Lauer, verfolgte sie ihre Verwandlung in eine Meerjungfrau, ihre Gespräche mit Randal, mit dem Baum. Sich selbst von oben zu sehen, war, als hätte sie endlich die Ursache der Stimme gefunden, den Erzähler. Die Stimme in ihrem Kopf und das Bild auf dem Monitor schoben sich übereinander, und das hatte sie dem Mann zu verdanken, der jetzt neben ihr saß und nicht von der Versicherung kam.

Kasey fand sich zum ersten Mal schön, weil sie sich durch die Augen eines Fremden sah. Was da vor ihr ablief, war keine Dokumentation, das war eine Liebeserklärung, übermittelt von dem Geräusch des Windes, dem Rascheln von Blättern, die sich schon viel zu lange hielten; ein Rascheln, das man nur in den Zweigen und Ästen so laut hören konnte, und die Abwesenheit des Schnees in dieser Nacht war so gegenwärtig, dass Kasey meinte, ihn riechen zu können, neben diesem Mann, während im Fernseher die Blätter eines Baumes zu hören waren, der nur wenige Meter von ihr entfernt im Garten stand und vielleicht in diesem Moment jene Blätter in den Wind warf.

Während die Turmglocken «Helter Skelter» spielten, schnitt ich die Preisschilder aus meinen Sachen, packte, was ich zum Duschen brauchte, in eine der Plastiktüten vom Einkaufszentrum, klopfte an die Tür zum Bad und trat ein. Rasch zog ich mich aus und stieg in die Badewanne; ich drehte die Temperatur hoch, bis es dampfte und Spiegel und Fenster beschlugen.

Obwohl die Fotos nicht meine gewesen waren, sah ich sie noch genau vor mir: das Mädchen, den Raum und die Blätter des Baumes, die ihre Schatten im Gras spielen ließen. Dass auf einem der Bilder Laurabell zu sehen war, bedeutete, dass der Fotograf sie kannte – oder, dass sie wahllos Leute auf diese Brücke führte.

Als ich mich abtrocknete, bemerkte ich, dass die Sachen mit der Haftnotiz daran verschwunden waren. Vielleicht hatte Nabi sie entfernt, beleidigt, weil ich ihre Hilfe nicht angenommen hatte. Oder meine Nachbarin, die natürlich längst wusste, dass ich immer die Toilette auf dem Flur benutzte.

Plötzlich hörte ich aus dem Nebenraum eine Art Wimmern, dann kratzte es wieder an der Tür. Auf Zehenspitzen ging ich zurück in mein Zimmer.

Es tat gut, saubere Sachen anziehen zu können, steif gefaltete Hemden, T-Shirts, die noch nach Plastik und Chemikalien rochen. Die Kleidung, die ich seit Tagen trug, hatte sich meinem Körper bereits angeglichen, war so sehr zu einer zweiten Haut geworden, dass ich sie gar nicht mehr wahrnahm, und jetzt stand ich da, in Hosen, die sich gegen mich zu wehren schienen. Ich machte ein paar Kniebeugen, bewegte meine Arme, um den Stoff gefügig zu machen, doch selbst als ich das Haus verlassen hatte, fühlte ich mich noch wie in Plastik: neu zwar, aber nicht wirklich frisch.

Eine halbe Stunde später stand ich zum zweiten Mal vor dem Antiquariat, doch erst, als ich die Tür aufstieß, erinnerte ich mich wieder an den modrig-warmen Geruch. Die Hitze raubte mir beinahe den Atem, zumal die Luft noch stickiger war, mir die Gänge nun noch enger vorkamen.

Rasch lief ich an den Reihen entlang, D, E, F, wandte mich um und verfolgte die gegenüberliegende Regalwand in entgegengesetzter Richtung, G, H, I.

«Warten Sie!»

Ich fuhr herum und wäre dabei fast über den Antiquar gestolpert.

«Ich kenne eine Abkürzung!» Er schob mich durch eine Lücke in einen Parallelgang und zwängte sich hinter mir her.

Woher er denn wisse, was ich suchte, fragte ich.

Er wollte sich an mir vorbeidrängen, doch ich drückte ihn zur Seite und ließ meinen Blick im Zickzack durch die Regale fliegen, M, N, Na, Ne…

«Ich kann Ihnen alles erzählen», sagte er, sein Körper dicht an meinem, «über jedes Buch!»

Ich käme sehr gut allein zurecht, sagte ich und zeichnete mit dem Zeigefinger eine Horizontale vor die Bücher mit den Anfangsbuchstaben No. Immer drängender fühlte ich die Anwesenheit des Antiquars im Rücken, und als ich mich vor dem Regal bückte, in das Waldo Nunns Buch gestellt hatte, spürte ich die Wärme seines Gesichts sogar am Hals.

«Ich weiß genau, was Sie suchen», flüsterte er; ich konnte seinen Atem riechen, seinen Schweiß, während sein Arm über mich hinweggriff und ein zerlesenes Exemplar von Nunns Buch hervorzog. «Ich habe es extra für Sie zurückbehalten.»

Ich nahm ihm das Buch aus der Hand und schlug es auf. Der Text war voller Anmerkungen, handschriftlicher Notizen, Unterstreichungen. Einzelne Wörter waren dick eingekreist, Ausrufezeichen in die Seitenränder graviert.

«Wie kommen Sie darauf, dass ich mich dafür interessiere?»

Der Antiquar setzte sich neben mich auf den Boden, legte den Kopf schief und sah mich an: «Das ist meine Aufgabe, nicht wahr? Zu wissen, was meine Kunden brauchen?»

«Es ist nicht Ihre Aufgabe, ihnen nachzuspionieren.»

«Habe ich das getan?» Er klang ehrlich überrascht.

«Zumindest haben Sie sich wohl angeregt mit dem Herrn unterhalten, den ich vorhin hier getroffen habe!»

Wovon ich denn spräche, fragte er: Zwar sei ich vor ein paar Stunden tatsächlich hier gewesen, jedoch nicht in Begleitung. Ich hätte mich umgesehen, den Laden dann aber überstürzt verlassen.

Aus seinem Gesicht, das zerfurcht war wie die Oberfläche einer Walnuss, blickten Augen mit milchiggrüner Iris, und erst jetzt merkte ich, dass zumindest ein Auge nichts mehr sah; es war wie nach innen gewandt, ohne Erkennen. Der Antiquar war fast blind, sein Laden wahrscheinlich die einzige Welt, in der er sich noch zurechtfand.

Sollte er Waldo und mich ruhig für dieselbe Person halten: Mich interessierte einzig dieses Buch.

«Was steht drin», flüsterte ich so vertraulich wie möglich. «Sie haben es doch gelesen, oder?»

Der Antiquar lächelte. «Wie ich all das hier gelesen habe, als ich es noch konnte. Jetzt, wo es dunkel wird, beginnen die Sätze zu leuchten. Verstehen Sie? Sie werden lebendig. Jedes Buch ist wie ein Film, den ich mir auf die Leinwand holen kann, wenn die Lichter ausgehen. Jeder, der diesen Laden betritt, kommt wegen einer bestimmten Geschichte, ob er es weiß oder nicht. Ich bin dazu da, sie zu finden. Die Geschichte, nach der meine Kunden suchen.»

«Und ich suche dieses Buch?»

Der Antiquar nickte bedächtig.

«Worum geht es darin?», wiederholte ich, auch weil ich wissen wollte, ob Laurabell mir die Wahrheit gesagt hatte.

«Das wissen Sie.»

«Wenn ich es wüsste, müsste ich es nicht lesen.»

«Wenn Sie es nicht wüssten, könnten Sie nicht danach suchen. Das ist es, was meine Kunden nicht begreifen: Man muss etwas bereits kennen, um sich danach sehnen zu können. Glauben Sie mir, Sie wissen, was in diesem Buch steht. Sie haben es nur vergessen.»

«Gut», sagte ich, «Sie haben gewonnen. Ich kaufe es.»

Der Antiquar lachte. «Sie können es gar nicht kaufen. Es hat Ihnen immer gehört, ich habe es bloß für Sie aufbewahrt.»

«Und wovon leben Sie, wenn Sie nichts verkaufen?»

«Von dem hier.» Er tippte sich an den Kopf. «Kommen Sie. Ich zeig Ihnen was.»

Geschmeidig richtete sich der Antiquar auf und verschwand zwischen den Bücherwänden. Zögernd folgte ich ihm. Durch einen schwarzen Vorhang stieß seine Hand hervor und winkte mich heran. «Kommen Sie», sagte er, «sehen Sie das?»

Ich steckte meinen Kopf hinter das Tuch und hörte, wie ein Streichholz angerissen wurde. Kerzenlicht erhellte einen Raum, in dem man kaum aufrecht stehen konnte, darin ein Pult aus gestapelten Büchern, dicken Bildbänden, Atlanten, Kunstkatalogen. Auf dem obersten Buch lag ein Stoß Papier, daneben standen ein Tintenfass und eine Flasche Wein.

«Ich schreibe mit Feder und Tinte, um meine Kunden nicht zu stören», flüsterte er. «Hier.» Er hielt mir den Packen hin. «Fast fertig.»

Aus Höflichkeit wog ich die eng beschriebenen Seiten mit beiden Händen und las, während ich sie zurückreichte, das Deckblatt.

«Alles was du siehst?», fragte ich. «Ist das nicht ein etwas sonderbarer Titel?»

«Für jemanden, der fast blind ist, meinen Sie? Ganz und gar nicht, Professor.» Der Antiquar klang etwas beleidigt, und dass er mich Professor nannte, bestätigte, dass er das Gespräch zwischen Waldo und mir belauscht hatte. «Es geht darin eigentlich auch mehr um das, was wir glauben zu sehen. Was wir für wahr halten. Wir glauben, was wir sehen und anfassen können. Dabei ist es genau umgekehrt: Wir sehen die Dinge, weil wir sie für wahr halten. Ihre Wünsche, Ihre Gedanken erschaffen die Realität. Nehmen Sie diesen Laden hier. Warum, glauben Sie, ist er Ihnen aufgefallen?»

«Er ist mir nicht aufgefallen», sagte ich, «im Gegenteil: Ich bin daran vorbeigelaufen, ohne ihn zu bemerken.»

«Aber Sie sind hereingekommen.»

«Weil mir jemand zugerufen und mich herangewunken hat.»

«Sehen Sie, Professor, Sie verwechseln Ursache und Wirkung. In Wahrheit hatten Sie den Eindruck, jemand riefe Sie in den Laden, *weil* Sie daran vorbeigelaufen sind. Sie selbst haben sich zurückgerufen, weil Sie wussten, dass dieses Buch hier auf Sie wartet.»

«Ein Buch über die spukhafte Fernwirkung?», lachte ich, woraufhin der Antiquar die Arme ausbreitete: «Und Sie versuchen mir weiszumachen, Sie wüssten nicht, worum es darin geht!»

«Das weiß ich auch nicht. Man hat mir nur davon erzählt. Der Mann, der dieses Buch geschrieben hat, ist zufällig mein Auftraggeber. Zumindest derjenige, der mich hierher bestellt hat.»

«Zufällig.» Der Antiquar lächelte.

«Nein», sagte ich, «diesmal verwechseln *Sie* Ursache und

Wirkung: Hätte Nunn mich nicht hierherbestellt, hätte mir niemand von dem Buch erzählt.»

«Lesen Sie es», sagte er, «dann werden Sie verstehen. Aber jetzt entschuldigen Sie mich. Mein nächster Kunde ist schon unterwegs, und ich hätte gern noch etwas Zeit.» Er tätschelte den Papierstoß. «Für das hier.»

Leise zog ich mich aus der Schreibkammer zurück, ließ den Vorhang hinter mir fallen und setzte mich nahe dem Ausgang auf den Boden. Ich schlug das Buch auf. Es stand eine handschriftliche Widmung darin:

Für Aaron Singer –
Einen Geist auf der Suche.
Von Lawrence Nunn

Ned hatte mitgezählt: Dreimal hatte Kasey in den vergangenen zwanzig Minuten geblinzelt, aber nicht ein Mal ihren Blick vom Bildschirm gelöst. Der Ausdruck auf ihrem Gesicht, ihr Lächeln entschädigte ihn für jede Mühe, die er in den vergangenen Wochen auf sich genommen hatte, um diese Aufnahmen zu machen: Bilder, die nur eine Botschaft hatten, diese jedoch immer wieder neu inszenierten. Er konnte Tage überspringen, den Film wahllos anhalten, er zeigte immer das zu Szenen aufgefächerte Abbild des Menschen, der gerade neben ihm saß.

Wenn er sie küssen würde, schoss es ihm durch den Kopf, würde er all die Kaseys küssen, die er je begehrt hatte; mit einer flüchtigen Berührung könnte er seine Sehnsucht erlösen.

Ned rutschte zu ihr und hob den Gewehrlauf an, damit sich der Stahl nicht in seinen Schenkel drückte. Die Waffe lag wie eine Brücke über seinen und ihren Beinen, und aus dem Fernseher rasselte ein trocken flatterndes Blatt.

Ned fühlte die Wärme ihres Oberschenkels an seinem. Sein Herz hämmerte, im Hals, in den Schläfen. Kaseys Nähe sprengte die Begrenzungen seines Körpers, verteilte ihn über die ganze Welt, während sie in einen Film versunken war, der ihr eine fremde Version ihrer selbst präsentierte. Seine Version.

Als die Tür aufging und ein neuer Kunde den Laden betrat, hatte ich das Buch bereits zur Hälfte gelesen. Was mir Laurabell über Nunns Tochter erzählt hatte, machte seine Aufzeichnungen zu einem Dokument der Verzweiflung. Jeder Satz las sich wie ein Mantra, an das er sich klammerte, um nicht wahnsinnig zu werden: Gedanken kreieren Wirklichkeit, weder Zeit noch Ort sind real – weshalb es möglich sein muss, Ereignisse im Nachhinein zu ändern.

Bevor die Tür wieder geschlossen wurde, schlüpfte ich mit dem Buch hinaus in die Kälte und lief unter einem Himmel, der den ganzen Weg über dicke Flocken austeilte, zurück zum Haus.

Kaum hatte ich die Eingangshalle erreicht, fiel der Schnee von mir ab und hinterließ winzige Pfützen auf den Stufen der Wendeltreppe.

Froh, mich bis zum Abendessen ausruhen zu können, öffnete ich die Tür zu meinem Zimmer. Was ich dort sah, ließ mich erstarren: Auf dem Schreibtisch stand mein verloren geglaubter Laptop, der Monitor war die einzige Lichtquelle im dämmrigen Raum.

Ich trat näher. Am Ende der geöffneten Datei blinkte der Cursor. Hastig scrollte ich an den Anfang, und noch während die Zeilen und Seiten über den Bildschirm flogen, hämmerte wieder der Schmerz durch meinen Kopf.

Langsam holte ich Luft. Ich schloss die Augen und atmete aus. Dann begann ich zu lesen.

Teil 3

Der Wald

I'm not here.
This is not happening.
(Radiohead, «How to disappear completely»)

Wir hatten die Sonne im Gesicht, als wir zur Schule gingen, und wir hatten sie im Gesicht, als wir zurückkamen. Sowohl auf dem Hinweg als auch auf dem Rückweg hielt meine Schwester ihre Augen fest geschlossen. Sie könne die Sonne nicht vertragen, sagte sie. In Wahrheit wollte sie nur meine Hand nicht loslassen.

Meine Schwester war damals zehn Jahre alt, ich war eine Minute jünger. In unserer Gegend bekam man Probleme, wenn man Händchen haltend mit seiner Schwester zur Schule ging, und mit «Probleme» meine ich nicht die Gesänge der Nachbarskinder. Ich meine die Tritte auf dem Pausenhof, obwohl man schon am Boden liegt; ich meine die Lehrer, die am Rand stehen und lieber zugucken, als einen Finger zu krümmen. Trotzdem durfte ich Lias Hand nicht loslassen. Sie wäre sofort vor die nächste Mülltonne gelaufen.

Schon vor ihrer errechneten Geburt hatte Lia Singer bewiesen, was für ein Dickkopf sie war. Meine Schwester drängte sich nicht nur zwei Monate zu früh in die Welt (und riss mich gleich mit, weil sie keine Lust hatte, da allein rauszumüssen), sie demonstrierte in den kommenden Wochen auch auf eindrucksvolle Art ihre Abneigung gegen die Gesetze der Wahrscheinlichkeit.

Glaubt man unserer Mutter, brachte Lia bei ihrer Geburt gerade mal siebenhundertfünfzig Gramm auf die Waage, zweihundert Gramm mehr als ich. Ihre Überlebenschancen schätzten die Ärzte auf maximal zwei Prozent. Über meine Chancen dachten sie gar nicht nach. Doch mit dem ersten Atemzug war meine Schwester entschlossen zu kämpfen. Weniger um ihr Leben als um meins: Sie wehrte sich dagegen, von mir getrennt zu werden, und weil die Mittel eines zwei Monate zu früh geborenen Säuglings begrenzt sind, schrie sich meine Schwester die Seele aus dem Leib. Sie schrie, bis sie wieder neben mir lag und meine Hand in Reichweite wusste.

Es ist viel geschrieben worden über die besondere Beziehung zwischen Zwillingen. Diese Berichte sind ein Witz gegen das, was wir hatten. Ich kann ohne Übertreibung sagen, dass mir meine Schwester zwei Monate vor unserer eigentlichen Geburt das Leben geschenkt hat. Jetzt warte ich jeden Tag darauf, dass sie es mir wieder nimmt.

Um unsere Mutter auch nur annähernd verstehen zu können, muss man wissen, dass sie früher eine kluge und lebensfrohe junge Frau war, voller Pläne für die Zukunft. Ihr einziges Problem bestand darin, unseren Vater kennengelernt zu haben. Sie liefen sich in einem Kaufhaus über den Weg, kurz vor Weihnachten. Unser Vater war damals siebenundzwanzig. Er arbeitete in der Möbelabteilung. Unsere Mutter hatte gerade die Schule beendet und jobbte auf seiner Etage als Geschenke-Einpackerin. Sie verliebten sich sofort und heirateten zwei Wochen später.

Kaum ein Jahr nach ihrer ersten Begegnung wurden Lia und ich geboren. Ich vermute, unsere Mutter begriff erst jetzt, dass ihr Leben in die falsche Richtung gelaufen war: Statt Psychologie und Anthropologie zu studieren, trug sie kurz vor ihrem neunzehnten Geburtstag Zwillinge im Bauch und hatte einen Möbelpacker an ihrer Seite, der kaum Geld nach Hause brachte und ein Alkoholproblem hatte.

Die beiden zogen in ein Wohnprojekt, das alle, die nicht dort lebten, «die Slums» nannten, in eine Hütte voller Kakerlaken, die einem nachts über das Gesicht und in den Mund liefen. Unsere Mutter schrie oft in der Nacht, und ich wusste nie, ob das wegen der Kakerlaken war oder weil unser Vater sie wieder schlug.

Die Kakerlaken waren sieben Zentimeter lang und konnten fliegen. Wenn sie einem in den Mund krochen, wachte man davon auf. Wir mussten uns etwas einfallen lassen.

Lia war zuerst dran: Klappte mein Kiefer im Schlaf nach unten, schlug sie mir mit einem Lineal auf die Lippen. Wir brauchten keine Woche, dann schliefen wir beide mit geschlossenem Mund durch.

Lia und ich erfanden immer neue Tricks, um unser Leben erträglich zu gestalten. Wir waren noch nicht alt genug, um zu verstehen, dass Menschen andere Menschen meist aus Angst quälen und dass es vor allem Hilflosigkeit war, Verzweiflung über ihre eigene Situation, was unsere Mutter dazu trieb, uns regelmäßig zu schlagen. Die Gründe schienen eher mit ihren Launen zu tun zu haben als mit etwas, das wir getan hätten. Wir verstanden nicht, wofür wir bestraft wurden, und versuchten die Schläge einfach zu ertragen. Ich dachte, wenn ich nicht weine, geht es schneller vorbei. Außerdem wusste ich, dass Lia mehr unter den Schlägen litt, die ich bekam, als unter ihren. Mir ging es ja genauso: Ich schrie nur, wenn sie dran war.

Irgendwann fing unsere Mutter an, das auszunutzen. Sie bestrafte Lia, wenn ich zu spät nach Hause gekommen war, und mich, wenn Lia mit jemandem gesprochen hatte, den unsere Mutter nicht kannte. Der Effekt war, dass wir uns noch mehr zusammenrissen. Unserer Mutter machte das Angst. Sie fand es unheimlich, dass wir nicht weinten, und schlug uns nur härter. Ihre körperliche Überlegenheit stand gegen Lias und meine Stärke; mit jeder Ohrfeige wurden wir mächtiger, und bald lösten wir uns für die Dauer der Bestrafung automatisch so weit von unseren Körpern, dass wir keinen Schmerz mehr empfanden. Ich wusste damals noch nicht, dass das Phänomen einen Namen hat, und dass es nicht ganz ungefährlich war, was mit uns geschah. Ich wusste nur, dass wir unsere Mutter besiegt hatten.

Einmal musste ich sogar lachen, während sie mich schlug. Ich lachte immer weiter, und sie verpasste mir eine Ohrfeige, die mir den Kopf herumriss. Ich hörte einen Knall und sah meinen Körper plötzlich von oben: Ich sah, wie er ganz langsam zu Boden fiel. Und ein Licht, das vorher nicht da gewesen war.

In der Nacht erzählte ich Lia davon. Wir erzählten uns immer alles nachts. Die Stunden der Finsternis waren, als würde Gott die Augen schließen. Als zählte nicht, was unsere Eltern dann taten, hinter dem Vorhang aus Dunkelheit und Schnaps, und deswegen redeten wir oft bis zum Morgengrauen, aus Angst vor der Stille und den Geräuschen, die sie hervorrief. Ich erzählte ihr, dass ich plötzlich das Gefühl hatte, Dinge verändern zu können. Nicht mit meinen Händen, sondern mit Gedanken. Dass, wovor wir Angst hätten, oft in genau jenem Moment passiere, eben weil wir Angst davor hätten. Ich könne es manchmal sogar sehen: wie wir mit unserer Angst etwas erschüfen, das dann in Wirklichkeit auch geschehe.

Umgekehrt, sagte Lia. Es geschieht auch umgekehrt. Sie glaube fest daran, dass wir eines Tages hier rauskämen. Dass wir in einem Märchen lebten, in dem alles möglich sei. Bloß dass es keine gute Fee und keinen bösen Wolf gebe. Nur Feen und Wölfe. Lange Zeit habe ich nicht verstanden, was sie damit gemeint hatte.

Wir verbrachten immer mehr Zeit in einer Welt, die parallel zu der eigentlichen existierte. Wir verschwanden in Geschichten, die wir lasen oder uns ausdachten. Besonders Lia sah man bald nur noch mit einem Buch in der Hand. Sie hielt sich dadurch ihr Leben vom Leib und versteckte sich gleichzeitig hinter dem Einband.

Mit sieben lieh sie sich täglich Bücher aus der Kinderbibliothek. Mit zwölf arbeitete sie sich in den Erwachsenenbereich vor. Mit vierzehn las sie Bilder.

Meine Schwester besorgte sich Kunstkataloge und las die Gemälde darin wie Geschichten. Nachts erzählte sie mir davon. Lia füllte die Dunkelheit mit Bildern, die größer waren als unsere Angst; sie bevölkerte die Finsternis mit geheimnisvollen Wesen, Engeln, die sich aus den Leibern toter Menschen formten. Was ich ihr nicht glaubte, zeigte sie mir, und Lia hatte immer recht: Die Bilder waren voller Zeichen, man musste nur die Augen dafür haben, den Blick für das Bild in dem Bild, die Geschichte hinter der Geschichte. Manchmal sogar für die Geschichte, die durch das Bild verdeckt werden sollte.

Ein Gemälde, das ihr besonders wichtig zu sein schien, war das Porträt einer Familie aus dem 16. Jahrhundert. Von links nach rechts zeigte es nebeneinander sitzend den Vater, die Mutter und zwei Kinder, einen Jungen und ein Mädchen, die nahezu identisch aussahen. Lia hatte es aus einem Kunstkatalog gerissen und nahm es überallhin mit; es lag nachts sogar unter ihrem Kissen. Doch ausgerechnet seine Geschichte hatte sie mir noch nie erzählt.

«Ich kann es nicht lesen», sagte sie, und erst glaubte ich ihr nicht. Lia konnte die kompliziertesten Gemälde auf den ersten Blick entschlüsseln. Es war, als gelangte sie durch die Bilder direkt in die Zeit, in der sie entstanden waren, zu exakt dem Moment, in dem der Pinsel die letzte Farbe aufgetragen hatte und das noch nicht getrocknete Bild seinem Maler verriet, warum er es gemalt hatte. Doch dieses Bild schien ihr sein Geheimnis vorzuenthalten.

«Es hat mit dem zu tun, was die Schwester gehalten hat», sagte Lia und strich die herausgerissene Seite über dem Kopfkissen glatt. «Es sind die Hände.»

Ich weiß noch, wie ihr Haar roch, als wir uns dicht nebeneinander über die Katalogseite beugten. Ich weiß, dass es eine schlimme Nacht gewesen sein musste, schlimmer als die meisten, weil Lias Hand zitterte, als sie mit dem Zeigefinger über die Stelle rieb, an der vorher die Hände der Schwester gewesen waren.

«Neutralretusche», flüsterte ich. «Was ist das?»

In dem Katalog stand, dass das Bild drei Jahrhunderte nach seiner Fertigstellung in vier Teile zerlegt und in verschiedene Länder gebracht worden war. Der erste Teil zeigte den Vater, einen jähzornigen und brutalen Grafen, der infolge einer maßlosen Fehde mit achtunddreißig Jahren im Gefängnis starb. Auf dem zweiten Teil war seine Frau zu sehen, die in dem letztlich wieder zu seinem ursprünglichen Format gefügten Gemälde zu seiner Linken saß, zwischen ihm und den Kindern. Die Gräfin hatte das Porträt zwei Jahre nach dem Tod ihres Gatten in Auftrag gegeben, um ihre Familienehre zu retten. Sie wollte ihr Lehen zurück und gleichzeitig ihre Tochter auf dem Heiratsmarkt als gute Partie anpreisen. Das Bild stellte etwas dar, das es nicht mehr gab: eine wohlhabende, intakte Familie, die Ansehen und Würde ausstrahlte. Es funktionierte wie eine Suggestion, eine sich erfüllende Prophezeiung, denn kurz nach Fertigstellung des Gemäldes geschah alles, was sich die Gräfin davon erhofft hatte: Die Wirklichkeit verformte sich dem ideellen Bildnis entsprechend. Doch dreihundert Jahre später waren die Hände der Tochter verschwunden – und mit ihnen das, was sie gehalten hatten. Man hatte den Teil des

Bildes einfach herausgeschnitten, und seitdem war er nicht wiederaufgetaucht.

Ich sah mir an, was die anderen in der Hand hielten: Der Vater hatte eine Sanduhr, die mit einem Totenkopf geschmückt war. Der Sohn ein prachtvoll verziertes Buch, und die Mutter eine Nelkenblüte mit eingestecktem Rosmarinzweig, ein Symbol für Treue und die Hoffnung auf Auferstehung nach dem Tod. Nur das Porträt der Tochter fehlte von der Brust an abwärts. Wo vorher ihre Hände gewesen waren, schimmerte jetzt ein unscharfer Fleck auf der schwarzen Tischplatte. Und wie um die Wichtigkeit des verlorenen Teils zu verstärken, deuteten sowohl die Gräfin als auch der Sohn auf das, was die Tochter gehalten hatte.

«Neutralretusche heißt, dass im Auftrag des Museums ein Platzhalter hergestellt wurde», sagte Lia. «Um den Eindruck des ursprünglichen Formats zu erhalten. Aber die fehlenden Hände sind der Schlüssel. Irgendwer hatte ein Interesse daran, dem Bild seine Geschichte zu nehmen.»

Zwei Tage später rissen wir aus. Lia hatte erzählt, was Vater nachts in unserem Zimmer tat, aber unsere Mutter wollte davon nichts wissen. Sie beschimpfte Lia als Lügnerin und prügelte dabei so auf sie ein, dass ich Angst hatte, meine Schwester könne nicht wieder aufstehen.

Ich wartete, bis unsere Mutter in einer Ecke des Zimmers sitzen blieb, dann nahm ich Lia bei der Hand und zog sie hoch. Sie blutete, aber sie hielt sich an mir fest und rannte mit mir, immer weiter, bis wir nicht mehr konnten.

Wir ließen uns auf den Boden fallen. Wir öffneten die Augen und sahen in den Himmel. Wir atmeten schnell, mit hämmernden Herzen. Ich drückte ihre Hand, die noch immer in meiner lag. Wir waren mitten in einem Wald, auf einer Lichtung. Niemand würde uns finden. Und wenn doch, wäre uns das egal. Von uns aus konnte irgendein Fremder kommen und uns mitnehmen. Schlimmer als bei unseren Eltern konnte es nicht werden.

In den ersten Stunden bewegten wir uns nicht von der Stelle. Wir konnten kaum glauben, in Sicherheit zu sein, und selbst als der Abend kam, dachten wir nicht daran, wieder unter Menschen zu gehen. Wir hatten alles, was wir brauchten: einen Wald, der uns mit Beeren und Pilzen versorgen würde, einen See, in dem wir uns waschen konnten und in dem sogar Fische schwammen, und wir trugen Streichhölzer bei uns, für die Kerzen, die wir nachts immer heimlich angezündet hatten.

Noch vor Einbruch der Dunkelheit entdeckten wir eine leere Hütte, die sogar eine Kochstelle hatte und einen rostigen Wasserkessel; wir fanden mehrere gespitzte Stöcke und einen Schlafplatz. Natürlich dachten wir nicht daran, für immer dort zu bleiben. Aber zumindest vorerst waren wir von der schlimmsten aller Wohngegenden in die beste gezogen. Wir lebten mit dem einzigen Menschen, der uns etwas bedeutete, und wir mussten keine Angst mehr haben. An unser altes Leben erinnerten nur die Kleider, die wir am Leib trugen, die Verletzungen an unseren Körpern und das Bild, das zusammengefaltet in Lias Hosentasche steckte. Wir sprachen nicht mehr darüber, aber Lia betrachtete es anfangs ständig. Später nur noch, wenn sie sich unbeobachtet fühlte.

In der dritten Woche bekam meine Schwester plötzlich Fieber. Sie wurde von wirren Träumen gepackt, oft schien sie mich nicht mal mehr wahrzunehmen, und wenn sie etwas sagte, sprach sie mit jemandem, den ich nicht sah. Einmal waren ihre Worte so deutlich, dass ich vor ihrer Klarheit erschrak: «Es hat nie begonnen», rief sie mit einem Blick, der auf mich gerichtet war, aber etwas hinter meinem Kopf fixierte. «Und es endet nicht. Nie.»

Die Seite in ihrer Hose war mittlerweile von Schweiß so durchweicht, dass man sie kaum mehr auseinanderfalten konnte, und spätestens seit diesem Moment war ich davon überzeugt, dass ihr Fieber mit dem Bild zu tun hatte.

Lia sank in einen tiefen Schlaf. Als ich am nächsten Morgen vor die Tür trat, sah ich etwa hundert Meter entfernt an einem dicht bewaldeten Hang vier Rehe. Ich erkannte sie erst spät, weil ihr Fell im Schatten der Bäume grau aussah, doch mussten sie die ganze Zeit dagestanden und die Hütte beobachtet haben. Sobald ich meine Hand hob, wichen sie ein Stück zurück.

Plötzlich hörte ich hinter mir ein Geräusch. «Da bist du», flüsterte Lia. Sie schien kein Fieber mehr zu haben; ihre Augen waren klar. Sie sprach zu den Rehen, streckte ihnen eine Hand entgegen. Eines der Tiere kam langsam näher.

«Bleib hier», flüsterte ich, weil mir das Ganze unheimlich war, aber Lia war schon zu weit entfernt, um mich hören zu können.

Mitten auf der Lichtung blieb sie stehen. Das Reh bewegte sich, als stünde es im Widerstreit mit sich selbst, und die Stille, die die beiden umgab, versiegelte den Moment auf eine Art, die es mir unmöglich machte, einzugreifen.

Und plötzlich sah ich es vor mir: das Bild aus dem Märchenbuch, das Lia früher geliebt hatte. Ein Mädchen mit einem Reh auf einer Lichtung. Das Reh war ein Leben lang durch seine Träume gegeistert, und als das Mädchen gestorben war, war es gekommen, um es abzuholen.

Jetzt war das Bild aus dem Märchen lebendig geworden, und ich fragte mich, ob das immer so war. Ob man ein Bild nur lange genug in sich tragen musste, damit es wahr wurde.

Lia war vollkommen verändert wieder zurückgekommen. Fragte ich sie, was mit ihr geschehen sei, verfiel sie in Starre; ihr Gesicht wurde hart und sanft zugleich, und ihre Augen sahen aus, als wären sie aus Glas. Je mehr ich aus ihr herauszubekommen versuchte, desto beharrlicher schwieg sie, und bald hatte sich unser Umgang auf wenige Abläufe und Gesten reduziert.

Die Blätter verfärbten sich, die Sonne verwandelte den See in einen Kelch voller Gold, doch meine Schwester bekam davon nichts mit. Wenn sie redete, sprach sie mit sich selbst; sie verspann sich in Geschichten, die ihr keine Zuflucht mehr boten, sondern sie verschluckten. Es war, als hätte nicht sie die Geschichten erzeugt, sondern die Geschichten sie.

Von einem Tag auf den anderen fiel die Temperatur. Der See fror zu, und wir mussten ein Loch ins Eis hacken, um an Wasser zu kommen. Wir sammelten Schnee in dem großen Kessel, wir kochten und tranken ihn, und bald war Schnee das Einzige, wovon Lia sich ernährte. Sie versuchte ihn zu essen, bevor er in ihrem Mund geschmolzen war, ihn zu schlucken, ehe er sich in Wasser verwandelt hatte, doch es gelang ihr nie.

Eines Morgens war sie verschwunden. Ich suchte nach ihr, im Wald, am See, durchkämmte das Unterholz, rief ihren Namen. Sogar hinter den Bäumen am Hang sah ich nach.

Erst als ich nah bei dem Loch, das wir in den See gehackt hatten, das Bild aus dem Kunstkatalog fand, wusste ich, was geschehen war.

Ich fiel auf die Knie, fegte den Schnee vom Eis. Ich scheuerte mir die Hände blutig, zog die Ärmel meiner Jacke mit geballten Fäusten über die Knöchel und wischte, polierte das Eis, bis ich direkt unter der Oberfläche einen Schatten sah, der unendlich langsam zur Mitte des Sees glitt.

Teil 4

Das Meer

Was ist Erleuchtung für den Tautropfen auf dem Lotosblatt? – Es ist der Moment, in dem er über den Rand des Blattes rollt, ins Wasser darunter fällt und begreift, dass er selbst Wasser ist.

(Thich Nhat Hanh)

Ich erwachte aus dem Text wie aus einem Traum. Erneut hörte ich das sonderbare Schaben an der Tür zum Bad, dazu ein Wimmern, das wie Pfeilspitzen eingedrungen war in den Kosmos, in dem ich während meiner Lektüre gelebt hatte, das die Stimmen zerriss, die ich gehört, das Licht überblendete, das meinen Körper geflutet hatte, wirklich wie eine Erinnerung.

Nur widerwillig löste ich den Blick vom Bildschirm und ging, weil das Wimmern lauter wurde, zum Bad, voller Angst, der Text könnte verschwunden sein, wenn ich in ihn zurückkehren wollte. Ich legte mein Ohr an das Holz und stieß die Tür auf. Durch den Spalt schlüpfte Schrödinger in mein Zimmer. Es musste Laurabells Katze gewesen sein, deren Miauen ich wiederholt für menschliches Klagen gehalten hatte, und mich ärgerte, dass ich erst jetzt den Mut aufgebracht hatte, diese Tür zu öffnen, hinter der sich offenbar nie etwas anderes verborgen hatte als ein hungriges Tier.

Enttäuscht von dieser banalen Auflösung, sah ich den Nebenraum offen, aber erst während ich darauf zuging, begriff ich den Zusammenhang.

«Gibt es dich auch noch?»

«Was soll das?», fragte ich. «Warum erzählst du mir von einer Nachbarin, die du selbst bist?»

Laurabell drehte sich auf dem Stuhl herum. «Warum suchst du nach einem Auftrag, der du selbst bist? Seit Tagen sitzt du in diesem Zimmer, nicht mal zum Essen kommst du runter, und mir wirfst du vor, ich hätte Geheimnisse?»

Ich schüttelte den Kopf, lehnte mich an die Wand.

«Ein einziges Mal nur hast du aufgesehen und gesagt, du müsstest dich beeilen. Du hättest nicht mehr viel Zeit. Das war gestern.»

Ich fragte Laurabell, ob sie etwas zu trinken für mich habe.

«Du kommst gerade aus dem Bad», sagte sie. «Da gibt es genug Wasser, um darin zu ertrinken.»

«Ich bekomme die Hähne nicht auf», sagte ich. «Ich habe es versucht. Aber irgendwas stimmt nicht mit ihnen.»

Laurabell sagte etwas, aber ihre Worte schienen für jemand anderen bestimmt, genau wie dieses Zimmer, die Begrenzungen meines Körpers, der Schmerz. Allein der Durst war real und das Licht der Schreibtischlampe, das sich in dem Fenster hinter ihr brach.

Plötzlich war der Bildschirm schwarz. Kasey sah weiter sich selbst, aber diesmal gespiegelt neben dem Mann, der diese Aufnahmen gemacht hatte. Sie erschrak darüber, wie dicht sie beieinandersaßen, und hob das Gewehr ein Stück höher.

«Und jetzt?», fragte er.

«Rühr dich nicht vom Fleck.»

Es war gut, Worte benutzen zu können, die für Situationen wie diese vorgesehen waren. Sätze, die sich andere für sie ausgedacht hatten, hinter denen sie sich verstecken konnte wie im Callcenter.

Der Mann stand auf. Stellte sich vor sie.

«Hinsetzen!», befahl Kasey und zielte auf sein Herz.

Der Mann lächelte.

Kein Drehbuchautor der Welt hatte je eine Szene geschrieben, die das Opfer lächeln ließ. Und falls doch, hatte Kasey den Film verpasst.

«Hände hoch!»

Der Mann reagierte nicht.

«Und jetzt?», fragte er wieder.

«Jetzt muss ich dich erschießen», sagte Kasey in Ermangelung an Alternativsätzen und ließ das Gewehr sinken. Sie hatte etwas gehört. Von draußen. Randals Wagen, nur ein paar Straßen entfernt.

Der Mann streckte die Hand nach ihr aus.

Kasey hörte den Wagen vor der Kreuzung langsamer werden, aber das Geräusch war anders als sonst. Gedämpfter.

«Komm», sagte der Mann.

Alles war anders, plötzlich. Kasey sah hinaus, nur kurz, aber sie erkannte, dass alles weiß war: der Garten, der Baum, die Straße. Während sie neben dem Mann gesessen und einen Film über ihr Leben gesehen hatte, war Schnee gefallen. Der erste seit Jahren.

Ich kämpfte mich durch den Schnee, gegen einen Sturm, der mir scharf ins Gesicht schnitt und eisig an den Haarwurzeln riss, ich konnte die Augen kaum offen halten.

Unmittelbar nach dem Abendessen, hatte der Professor gesagt, solle ich mich im Brückenhaus einfinden. Damit ich auf keinen Fall zu spät käme, hatte ich kaum etwas gegessen, zwei T-Shirts und den Pullover angezogen, meine Winterjacke bis oben hin zugeknöpft und mich auf den Weg gemacht, als die anderen noch beim Nachtisch saßen. Ich hatte den Daunenkragen ganz hochgeschlagen, aber der Wind fuhr mir schmerzhaft in die Ohren. Im Schein der wenigen Laternen wehte der Schnee in so dichten Schwärmen, dass es leuchtete wie nachts im Meer, wenn jede Bewegung einen Schweif aus illuminiertem Plankton hinter sich herzieht. Obwohl ich allein war, obwohl mir kein Mensch begegnete, als ich den Campus überquerte, hatte ich keine Angst. Der scharfe Kälteschmerz, das Pfeifen des Sturms machten mich unempfindlich gegen jede Gemütsregung.

In nahezu vollkommener Finsternis erreichte ich die Brücke. Ich rutschte den Hang hinunter, spürte Zweige unter meinen Händen brechen, Schnee in meinen Socken schmelzen und tastete mich über den gefrorenen See hinweg auf das Haus am gegenüberliegenden Ufer zu.

Stamm um Stamm zog ich mich den Hang hoch, doch je näher ich dem Brückenhaus kam, desto größer wurden meine Zweifel, ob ich mich nicht verhört hatte. Das Gemäuer stand schwarz gegen einen anthrazitfarbenen Himmel, im Inneren war kein Licht, und der Schnee ringsherum lag vollkommen unberührt.

Bridgehouse, hatte der Professor gesagt. Das konnte auch der Name einer Bar sein. Oder eines Clubs, in dem Bridge gespielt wurde. Ich ärgerte mich, dass ich diese naheliegende Möglichkeit nicht mal in Erwägung gezogen hatte, und wollte mich gerade auf den Weg in das Viertel mit den Bars machen, als ich durch eines der verdreckten Fenster plötzlich einen Schimmer erkannte, wie von einer Kerze, die gleichmäßig hinter der Scheibe vorbeigeführt wurde.

Schnell trat ich an das Glas. «Professor!», rief ich und schlug mit der Faust dagegen, bis das Fenster nach innen schwang.

Ohne zu überlegen, zog ich mich hoch, setzte mich auf den Sims und tastete mit den Füßen nach festem Grund. Meine Sohlen tippten auf Schindeln, die schnarrend verrutschten und dumpf auf hölzernen Grund klapperten; ich drückte mich vom Fensterrahmen ab und blieb stehen, bis sich meine Augen an die Dunkelheit gewöhnt hatten.

«Professor?!», wiederholte ich, obwohl der Raum leer war, bis auf einen alten Tisch, Stühle, einen blinden Spiegel und einen zerbrochenen Glasrahmen, in dem das Bild fehlte. Sollte hier wirklich jemand gelebt haben, musste das sehr lange her gewesen sein.

Ich rief noch ein letztes Mal, bevor ich wieder hinausklettern und das richtige Bridgehouse finden wollte, da rumpelte es plötzlich. Direkt vor mir öffnete sich eine Tür im Boden, und umflackert von grellem Licht, stieg eine Gestalt zu mir hoch.

Es sei nicht gut, so schnell zu essen, hörte ich die Stimme des Professors. Ich hätte mir Zeit lassen sollen, er habe noch gar nicht mit mir gerechnet. Aber wo ich nun schon einmal da sei, solle ich schnell machen, das Licht könne ungebetene Gäste anlocken.

Zu perplex, um etwas erwidern zu können, folgte ich ihm auf die wackelige Treppe, zog die Bodentür hinter uns zu und tastete mich vorsichtig hinab. An der Decke pritzelte eine defekte Leuchtstoffröhre, Lichtblitze drangen schmerzhaft in meinen Kopf, der Raum unter uns war kaum zu erkennen. Ich kniff die Augen zusammen und öffnete sie erst wieder, als ich unten angekommen war.

«Setzen Sie sich», sagte der Professor.

Widerwillig ließ ich mich auf das durchgesessene Sofa fallen, auf das er deutete. Getrennt nur von einem kleinen Tisch nahm er mir gegenüber in einem zerlumpten Sessel Platz.

«Kaffee?», fragte Nunn und schenkte sich selbst aus einer Thermoskanne welchen ein. «Es gibt leider weder Milch noch Zucker; ich hoffe, Sie mögen ihn so.»

Ohne eine Antwort abzuwarten, reichte er mir einen vollen Becher, den ich nur nahm, um meine Hände zu wärmen.

«Trinken Sie», sagte der Professor, «Sie müssen ja vollkommen durchgefroren sein!»

Nunn trug eine Strickjacke über seinem Wollpullover, um seinen Hals wand sich ein dunkelgrüner Schal; der Professor schien fast mit seinem Sessel verschmolzen.

«Wo ist mein Auftraggeber?», fragte ich, weil ich nicht noch länger hingehalten werden wollte.

«Um die Wahrheit zu sagen», Nunn fuhr sich über den

Bart, was einen Laut erzeugte wie Cellophan, das sich über einer Flamme zusammenzieht, «Ihr Auftraggeber ist genauso wenig von Ihrem Auftrag zu trennen wie ein Gegenstand von der Energie, aus der er entstanden ist.»

Ich rutschte an die Sofakante, setzte meine Tasse ab und bemühte mich um Fassung. «Hören Sie, Professor: Ich habe Ihr Buch gelesen. Das mit Ihrer Tochter tut mir leid.»

«Das braucht es nicht», unterbrach mich Nunn. «Wenn Sie mein Buch gelesen haben, wird Ihnen der Gedanke, dass nichts wirklich verschwindet, kaum unbekannt sein. Es gibt keinen Tod. Kein Vergessen. Nur unterschiedliche Energieformen. Aus Schnee wird Wasser, aus Wasser Dampf. Was Sie sind, was Sie umgibt, verlässt Sie nicht. Nie.»

Der Professor sank noch tiefer in seinen Sessel. Unwillkürlich trank ich einen Schluck von dem Kaffee, der nach lauwarmer Gemüsebrühe schmeckte. «Warum bin ich hier?»

«Atmen, Professor. Atmen Sie.»

Ich wollte etwas sagen. Doch mein Mund war plötzlich trocken.

«Und jetzt erinnern Sie sich.»

Ich versuchte, meine Hände zu bewegen.

«Erinnern Sie sich, wer Sie sind.»

Das taube Gefühl in meinem Kopf wich glasklarer Panik. Ich bekam meine Zunge unter Kontrolle, meine Lippen kribbelten. Ich sah mich um, als könnte mir der Raum irgendwo Halt bieten, und fragte mich, warum ich nicht früher bemerkt hatte, dass Nunn vollkommen wahnsinnig war.

Bringen Sie mich hier raus, wollte ich sagen, und kurz bevor mir übel wurde, sah ich die Abdrücke an den Wänden, Negativschatten von Bildern, die hier Ewigkeiten gehangen haben mussten.

Das Licht des Scheinwerfers, wie es über mein Gesicht leckt und kurz das Bild aussticht. Blendendes Weiß. Dann wieder das Meer, wie es unter dem Mond in die Nacht fließt. Wie die sanfte Dünung den silbrigen Schein in kleinen Portionen zu einem Horizont trägt, von dem sich Meerestiefe und Himmelsweite abspalten. Die Frauen, fest eingehakt bei der Nachbarin, damit ihnen nichts entgeht, kein Stock unbemerkt zwischen den Beinen hindurchgleitet.

Das Scheinwerferlicht verliert sich in der Dunkelheit.

Eine der Frauen stimmt einen Gesang an, der sich sofort in den Takt leise an den Strand schwappender Wellen fügt, während ich vor der Hütte stehe und darauf warte, dass sie den Hügel hochgelaufen kommt und meinen Namen ruft, mir mit ausgebreiteten Armen um den Hals fällt und glucksend gesteht, dass alles nur ein Scherz war. So deutlich sind die Vorboten, dass ich ihre Hände schon im Gesicht spüre, den köstlichen Druck, mit dem sie mir von hinten die Augen verschließt. Ich sehe sie aus der Hütte, hinterm Baum hervorkommen, und es ist nur ein kleiner Schritt zwischen dieser Welt und jener, in der alles, was gedacht werden kann, auch existiert.

Gedanken kreieren Wirklichkeit.

Ja, Professor. Ich weiß.

Und reißt man zuvor eng miteinander verbundene Teilchen auseinander, bleibt ihre Wechselwirkung erhalten. Unabhängig von Raum und Zeit.

Aaron schleppte sich nach draußen. Er hatte die Hütte seit Wochen nicht verlassen und seit Tagen nichts getrunken. Er hatte unbeschreiblichen Durst, doch sein Wasservorrat war aufgebraucht, und der Weg zum See war weit. Seine Beine waren zu kraftlos, um ihn tragen, seine Arme zu schwach, um seinen Körper vorwärts ziehen zu können, also wand er sich Zentimeter um Zentimeter über den von geschmolzenem Schnee matschig gewordenen Grund durch den Wald, drückte seine Ellenbogen in den weichen Boden, stemmte den Oberkörper zum Himmel: Aaron hob seinen vor Erschöpfung zitternden Kopf, der immer wieder in den Schlamm fiel und damit den Schmerz zwischen seinen Schläfen explodieren ließ. Grelle Blitze, die ihn momentlang in die Welt sehen ließen, in der Lia jetzt auf ihn wartete. Ein sorgfältig gepflegter Park mit sich kreuzenden Wegen, auf denen Menschen gingen, von denen Aaron wusste, dass sie nach Hause wollten. Aber vergessen hatten, wie sie dorthin kamen.

«Wo warst du?»

Ich schlug die Augen auf.

«Ich hab die ganze Nacht nach dir gesucht!»

Über mir stand Laurabell, und hinter Laurabell hing die Sonne kalt und fern in einem bleistiftgrauen Himmel.

Mein Rücken war taub, mein Kopf, mein Nacken. Die Unterseite meiner Arme und Beine.

Ich lag im Schnee. Unter mir war es hart.

«Wo bin ich?»

«Beebe Lake», sagte sie. «Gib mir deine Hand.»

Laurabell zog mich hoch. «Hast du dich geprügelt?»

Sie tippte mit Mittel- und Ringfinger der rechten Hand gegen meine Schläfe. An ihren Fingerspitzen war Blut. Aber ich fühlte keinen Schmerz.

«Mein Auftraggeber», sagte ich. «Er wollte mich sprechen. Im Brückenhaus, gestern.»

Laurabell sah an mir vorbei, als käme von hinten etwas auf mich zu, vor dem es zu spät war zu fliehen.

«Wie lange habe ich hier gelegen?»

«Um dich herum waren keine Fußspuren.»

In der Ferne hörte ich die Glocken des Turms ein Lied spielen, das ich nicht zuordnen konnte.

«Halt mich nicht für verrückt, aber beantworte mir bitte eine Frage. Es ist wichtig», sagte sie, und ich zuckte mit den Schultern.

«Wer bist du?»

Als ich das nächste Mal aufwachte, lag ich allein in meinem Bett. Der Radiowecker zeigte 3:05; ich hatte den Tag und die halbe Nacht verschlafen, aber das taube Gefühl war verschwunden. Ohne anzuklopfen, betrat ich das Bad und lauschte an der Tür zum Nebenzimmer.

Viel zu spät hatte ich begriffen, dass ich selbst verantwortlich war für die Verwirrung, in der ich mich befand. Wer sonst wäre, ohne zu zögern, einer derart dubiosen Einladung auf die andere Seite der Welt gefolgt? Wer hätte sich bereitwillig sinnlosen Regeln unterworfen, Fragen beantwortet, über die andere bestenfalls lachen würden? Kein Zweifel: Man hatte mich schon zum Narren gehalten, bevor ich überhaupt hierhergekommen war.

Ich öffnete die Tür zum Nebenzimmer und rief nach Laurabell, aber ihr Bett war leer. Nur Schrödinger strich schnurrend um meine Beine.

Ich trat in den Flur, lief barfuß den Gang entlang. Unter den meisten Türen fiel noch ein heller Schein auf den Teppich; ich klopfte wahllos, aber niemand öffnete. Gerade wollte ich im Konferenzraum nachsehen, als ich hinter einer Glastür einen roten Punkt aufglimmen sah. Ich öffnete die Tür und ging hinaus.

Laurabell hockte auf dem Boden eines kleinen Balkons, der vom Schnee nur leicht bedeckt war. Sie sah auf meine bloßen Füße, aber ich spürte die Kälte kaum und setzte mich neben sie, wollte mein Gesicht in ihren Haaren vergraben, bis ich wieder wusste, wer ich war.

«Wo sind die anderen?», fragte ich und malte mit meinem Zeigefinger Muster in den Schnee.

«Unten.» Laurabell schnippte ihre Zigarette vom Balkon. Die Glut sprühte Funken. «Sie warten auf dich.»

Sie stand auf, ich wollte sie festhalten, aber sie war zu schnell, verschwand hinter der Glastür und wurde sofort von der Dunkelheit des Hauses verschluckt.

Als ich das Erdgeschoss erreicht hatte, waren meine Füße immer noch taub, mein Gesicht, meine Hände. Ich vermutete die Gemeinschaft im Konferenzsaal, ging aber zuerst ins Kaminzimmer, um mich aufzuwärmen.

Das Feuer prasselte und knallte, der Geruch feuchten Eichenholzes hing in der Luft, und etwas abseits, barfuß wie ich, die Beine gekreuzt, saß Nabi auf dem Teppich.

«Oh», sagte sie, «der Herr Professor persönlich?»

Ich merkte, wie müde ich der Fragen war. So müde, dass ich mich fast danach sehnte, der Professor zu sein, für den mich alle hielten, eine Person, für die ich nicht verantwortlich war. Der Kampf um meine Identität strengte mich an, er kam mir sogar zunehmend lächerlich vor, und wenn es denn zu meinem Job gehörte, Professor zu werden, bitte! Schließlich war ich es gewohnt, in anderer Leute Haut zu schlüpfen.

«Ganz recht», erwiderte ich und spürte sofort eine Befreiung. Mit der Entscheidung, der zu sein, den alle in mir sahen, änderten sich schlagartig meine Bewegungen, meine Stimme, selbst mein Gefühl für Raum und Zeit, das Feuer und seine Wärme. Viel ruhiger betrachtete ich die Flammen und Nabis Gesicht, beinahe gütig ließ ich meinen Blick in ihre Augen sinken. Der Professor strich sich über die Wange und sagte mit seiner rauchigen, etwas spröden Professorenstimme, dass er nun gern zu den anderen gebracht werden würde.

Nabi sah mich überrascht an.

Der Professor lächelte. Er berauschte sich ein wenig an

der Unsicherheit des Mädchens; er sah ihr herausfordernd und sogar etwas anzüglich in die Augen.

Nabi wandte sich ab. «Ich weiß nicht, ob Sie wirklich vorbereitet sind auf das, was Sie erwartet.»

Der Professor lachte.

Wir stiegen die Treppe hinunter in den Keller. Im Gemeinschaftsraum schoben wir die Tischtennisplatte beiseite, Nabi klappte den Teppich zurück und drehte einen in den Betonboden eingelassenen Ring. Den Professor überraschte das nicht. Alles geschah, weil er es so wollte. Alles, was er sehen würde, war Teil seines Auftrags.

Ob ich tatsächlich bereit sei, fragte sie wieder. Ich signalisierte mit einer Handbewegung Ungeduld, half ihr sogar, die Stahltür aufzuziehen. Routiniert stieg ich hinter ihr die Stufen hinab, das alles war schließlich mein Werk, meine Welt; immer tiefer drang ich in etwas vor, dem ich mit zunehmender Erregung entgegensah, auch weil ich das Vage endlich in etwas Greifbares übersetzt wünschte, Gewissheit wollte über das, was hier geschah.

Und als wäre ein leichtfertig hingesagter Wunsch auf beängstigende Art Wirklichkeit geworden, erkannte ich, nachdem sich meine Augen an die von zwei Fackeln nur schwach erleuchtete Finsternis gewöhnt hatten, gut ein Dutzend schemenhafter Leiber an den Wänden des steinernen Kerkers um etwas versammelt, das wie eine Pritsche aussah.

Ich wollte mich an Nabi wenden, aber sie war schon eingemeindet in den Tanz zuckender Schatten, die das Feuer durch den Raum warf, dass sie sich kreuzten, einander umspielten. Die wenigen Gesichter, die ich erkannte, glänzten fiebrig; der Raum flirrte wie eine Luftspiegelung, der Gestank verbrannten Talgs kroch in meine Lunge. Wie zäher Nebel floss der Fackelschein durch den Dunst, und als sich aus dem Kreis eine Gestalt löste, in der ich Zac erkannte, brach mir der Schweiß aus.

Ich warf einen Blick nach oben, aber die Tür über mir war verschlossen.

Am Kopfende der Pritsche hob plötzlich ein Mann den Arm, dessen Gesicht ich nicht erkannte, aber er musste so etwas wie der Anführer sein, denn auf sein Zeichen hin packte mich Zac an der Schulter und führte mich zur Pritsche.

«Sind Sie bereit, zum Helden Ihrer eigenen Geschichte zu werden, Professor?»

Die Stimme verhallte im vielfach von den Wänden zurückgeworfenen Echo; ich überlegte angestrengt, aber mir fiel nicht ein, wo ich sie schon mal gehört hatte.

«Ich bin kein Professor», flüsterte ich, weil mir das Atmen zunehmend schwerfiel, und das Lachen des Mannes hallte verzögert wider, als müsste sich der Schall seine Verbreitung Zentimeter um Zentimeter durch diese Luft erarbeiten.

Wie ein Ring zogen sich die Umstehenden zusammen, Laurabell war kaum mehr einen Meter von mir entfernt, und obwohl ich ihren Blick nicht deuten konnte, war ich dankbar, etwas zu haben, an das ich mich halten konnte.

Hände schlossen sich um meine Gelenke, Laurabells Gesicht verschwamm. Ich wurde hochgehoben und spürte die

Pritsche schon unter mir, als ich mich mit ganzer Kraft noch einmal aufbäumte, dem Mann entgegen, der bereits weit über mich gebeugt stand.

Teil 5

Der Himmel

I was the shadow of the waxwing slain
By the false azure in the windowpane;
I was the smudge of ashen fluff – and I
Lived on, flew on, in the reflected sky.
(Vladimir Nabokov, «Pale Fire»)

Man sieht den Himmel nicht
und nicht die Erde.
Aber der Schnee fällt weiter.
(Hashin)

Aaron Singer ballte seine zitternde Hand zur Faust und brachte sie unter Aufbietung aller Kräfte neben sein Gesicht. Sein Atem ging stoßweise. Seine gekrümmten Finger öffneten sich wie die Blätter einer Blüte. Darin ging ganz langsam ein zerknülltes Papier auf.

So gut er konnte, strich er die Seite glatt. Durch das pastose Schwarz der Neutralretusche verlief ein Netz aus schartigen Falzkanten, die Farbe längst abgewetzt. Er verlor sich in der Geografie der Finsternis, dem Koordinatensystem einer Nacht, in der er seit Tagen umherstreifte, ohne auch nur eine einzige Spur gefunden zu haben. Wonach er suchte, lag irgendwo verborgen in der Unendlichkeit dieses Alls aus Rasterpunkten, zwischen Molekülen der Lichtlosigkeit. Unten war wie oben. Diese Welt war wie jene, und das Eine war überall. Doch er würde erst wieder ganz sein, wenn er Lia das fehlende Teil gebracht hätte: die Hände der Schwester und das, was sie hielten.

Aaron drückte die Seite in seiner Faust zusammen und schob seinen schmerzenden Körper Stück für Stück von der Hütte weg, hin zum See, Zentimeter um Zentimeter über weichen Grund, der sich immer mehr aufzulösen schien.

Ich rannte. Das merkte ich erst, als ich wieder zu mir kam. Und dass das nicht möglich ist, dachte ich, rennen, ohne wach zu sein, doch ich lief weiter über Eis, das sofort hinter meinen Schritten brach, ich öffnete den Mund und spürte frische Flocken weich auf meiner Zunge schmelzen, ich zerstörte den Weg, indem ich ihn lief, und schmeckte das erdige Aroma kühlen Wassers, das mir auf einmal köstlicher schien als alles andere auf dieser Welt.

Die Glocken des Turms spielten mein Lied, und dicht über den Hügeln sah ich ein startendes Passagierflugzeug, eine Propellermaschine wie jene, die mich vor wenigen Tagen hierhergebracht hatte.

Das Läuten wurde intensiver. Jeder Ton brachte eine andere Saite meines vergessenen Lebens zum Klingen, erschuf Bilder, die wie ein Film in mir liefen, Kindheitsfotos gleich, die, immer wieder gezeigt, irgendwann für ursprüngliche Erinnerung gehalten werden.

Wenn Identität nicht mehr war als die Summe aller Geschichten, die über jemanden erzählt werden konnten: Wie sollte ich aus dem Rauschen dann die eigene Stimme heraushören, jetzt, wo das Lied jeden Winkel dieser Eiswelt derart in Schwingung versetzte, dass die einzige Möglichkeit, mich vor dem vielstimmigen Klingen und Dröhnen in Sicherheit zu bringen, die Quelle war, der Ort, an dem die Töne in ihrer reinsten Form entstanden?

Ich presste mir die flachen Hände gegen die Ohren, rannte dem Turm entgegen und gab sie erst wieder frei, als ich die Treppe hinaufstieg. Zwar spürte ich den Schlag der mächtigen Glocken noch immer meinen Körper durchdringen, doch war die Melodie hier, gedämpft durch die Mauern, kaum mehr zu erkennen.

Stufe um Stufe stieg ich die eng gewundene Treppe hinauf. Auf der Kanzel hoffte ich endlich Antworten zu bekommen. Hoch über dem Campus musste jemand sitzen, der die Lösung kannte, der all diese Lieder spielte, die jedem Tag, jeder Sekunde ihre Färbung gaben, die nicht nur den Rhythmus des Campuslebens zu bestimmen, sondern die Universität gewissermaßen erst zu erschaffen schienen.

Doch wie entsetzt war ich, oben angekommen die Bank vor dem Spieltisch leer zu finden! Die Stöcke drückten sich von selbst, wie bei einem elektrischen Klavier!

Ich ließ mich auf die Bank sinken und beugte mich über das Traktursystem. Von wo aus wurden die Glocken bedient? Wer hatte sie programmiert?

Ich legte meine Hände auf die Stöcke des Manuals, setzte die Füße auf die Pedale und versuchte das Spiel irgendwie zu beeinflussen. Doch jede meiner Anstrengungen, das Lied anzuhalten oder wenigstens zu verändern, unterstützte die Melodie eher, als sie zu zerstören: Je verzweifelter ich versuchte, das Spiel zu beenden, desto tiefer versank ich darin.

«Nicht schlecht, Professor.»

Ich riss meine Hände von den Tasten und merkte im selben Moment, dass die Glocken aufgehört hatten.

Warum ich denn nicht weiterspielte, man könne ein Lied doch nicht mittendrin enden lassen!

Das sei nicht mein Spiel gewesen, sagte ich. Das Carillon sei programmiert gewesen.

Laurabell schwang ihr linkes Bein über die Bank und schob sich rittlings vor mich. «Programmiert?» Sie legte den Kopf schräg und verzog den Mund: Die Glocken seien nicht zu programmieren. Ich müsse außerdem keine Ausreden erfinden, es gebe nicht den geringsten Grund, mich für mein Spiel zu schämen.

Sie wisse genau, dass nicht ich hier gesessen und gespielt habe, sagte ich.

«Sondern?»

Ned warf einen Blick nach draußen. Einen Moment lang wusste er nicht, ob die Scheibe beschlagen war, oder ob der Schnee so dicht fiel, dass deswegen alles weiß aussah.

Kasey hatte seine Hand genommen, aber er konnte sich nicht losreißen vom Anblick dieser stummen, farblosen Welt, deren Konturen nur durch die unterbrochene Flugbahn der Flocken zu erahnen waren. Der Baum, auf dem er wochenlang gesessen und Kasey beobachtet hatte, verschwand vor seinen Augen, jetzt, da er am Ziel war: auf der anderen Seite des Fensters.

Ned hatte erreicht, was er wollte. Kasey war bei ihm, ihre Hand lag in seiner, und sie war bereit, mit ihm zu gehen.

Er hätte gern gewusst, warum es ihm plötzlich unmöglich war, sich von der Stelle zu bewegen.

Ich erinnere mich: wie sie zu mir gesagt hat, dass sie nicht sterben will. Nicht sterben kann, ohne das Geheimnis zu kennen. Dass wir einen heißen Sommer lang nichts anderes taten, als uns nass regnen zu lassen.

Ich höre noch ihr Lachen, Schreie, die Glas hätten zerspringen lassen können, sehe noch ihre Haare, die an ihrer weißen Haut klebten und ihr fast bis zu den Brüsten reichten, die noch keine waren.

Ich erinnere mich, wie der Rasensprenger in regelmäßigen Intervallen Wasser in die Luft warf und sich dabei nach rechts und links neigte. Wie die künstliche Wasserwand über einen abgezirkelten Ausschnitt der Rasenfläche strich, gefolgt von dem feinen Sprühnebel an den Rändern des Regens, der wie Gischt in der untergehenden Sonne leuchtete. Ich erinnere mich, wie wir vor den niederfallenden Tropfen geflohen sind, wie wir uns direkt an den Sprenger gestellt und vor der steil aufragenden Wasserwand geduckt haben.

Wir waren weggelaufen vor dem künstlichen Regen und hatten es doch nie geschafft, den Tropfen zu entkommen, weil wir immer nur das hochspritzende Wasser gesehen und nie bedacht hatten, dass es zeitversetzt wieder zur Erde fiel. Dass jeder einzelne Strahl aus den Düsen nur so weit in den Himmel geschleudert wurde, bis die Schwerkraft gegen den Druck siegte, mit dem das Wasser durch die winzigen Löcher in dem perforierten Rohr gepresst wurde, und sich die Fontäne am Scheitelpunkt brach, zu einem Strauß kleiner Tropfen zerstob, die lange nach ihrer Entsendung in den

Himmel auf ein Stück Rasen trafen, das vollkommen ruhig in der Sonne lag.

Die Wasserstrahlen, vor denen wir zu fliehen versuchten, waren unterdessen weitergewandert, bedrohten ganz anderes Gebiet, und sobald wir uns in Sicherheit wähnten, am friedlichsten Fleck des sonnigen Gartens, prasselte der Regen auf uns nieder, platzten kalte Tropfen auf unserer überhitzten Haut, lautlos, weil das Geräusch dazu fehlte, das Regenrauschen, das längst woanders war.

Ich erinnere mich, dass wir diesen Regen aus heiterem Himmel immer als irreal empfunden haben und als ungerecht: Wir hatten keine Chance gegen ihn, er kam mit unerbittlicher Sicherheit, und er kam immer dann, wenn wir am wenigsten damit rechneten.

Als wir vollkommen nass und unsere Unterhemden durchscheinend geworden waren, hockten wir uns neben das sich drehende, gewundene Rohr, das mit seinen goldenen Spritzdüsen an einen Krakenarm erinnerte. Wir hörten, wie das Rohr knackte, wenn der Mechanismus den Mittelpunkt überwand, ein feines Rucken wie das eines Sekundenzeigers, der den Widerstand des Zahnrades im Uhrwerk bricht.

Wir waren mit den Fingern durch die Wasserstrahlen geglitten, knapp oberhalb der Düsen, hatten die strohdünnen Säulen an der Stelle des höchsten Druckes durchbrochen; wir sahen uns in die Augen und fühlten uns unbesiegbar. Bis wir zu zittern begannen und unsere Unterwäsche kalt auf der Haut spürten. Bis unsere Lippen blau waren.

Ich betrachtete ihren Körper, der von Blutergüssen übersät war. Die Sonne stand schon tief gegen den unablässig über den Rasen fächernden Regen, und ihre Haut leuchtete.

Es war nicht unser Rasen, der besprengt wurde. Er gehörte jemandem, der in dem Haus hinter dem Garten lebte und den wir nicht kannten. Ich fragte mich, warum der Besitzer nicht ein einziges Mal herausgekommen war, um uns zu vertreiben. Eigentlich trauten sich Leute wie wir nicht einmal in die Nähe dieses Viertels.

Ich sah zu den Fenstern, die wie Gläser einer verspiegelten Brille in dem weißen Haus steckten, und spürte, dass wir beobachtet wurden. Ich starrte hinüber zu dem Apfelbaum im hinteren Teil des Gartens, verlor meinen Blick in seinem Geäst, als könnte ich dort den Schlüssel finden für das, was gerade geschah. Und plötzlich, klar wie eine Erscheinung, stand da ein Regenbogen hinter meiner Schwester. Die Spektralfarben rahmten sie mit dem Schönsten, was der Himmel zu bieten hatte, und auf einmal wurde mir klar, dass wir den ganzen Sommer im Zentrum dieses Regenbogens verbracht hatten, inmitten eines schillernden Farbfächers, den man nur aus der Entfernung sehen konnte.

Kasey hörte, wie Randal den Motor abstellte. Die Wagentür fiel ins Schloss, und sie wusste, dass es ab jetzt nur noch vierzehn Sekunden dauern würde, bis er die Haustür erreicht hätte.

Sie sah den Mann, der dem Baum dabei zusah, wie er langsam verschwand. Sie schloss die Augen und versuchte zu verstehen, was die Stimme sagte. Sie sah einen Mann unter Wasser, wie er den Mund öffnete, die Haare von der Strömung bewegt wie tanzende Seeanemonen.

Noch zwölf Sekunden.

Um an den Ort zu gelangen, an dem noch immer alles möglich war, hatte der Professor bereits vieles versucht. Aber jedes Mal war es ihm nur kurzzeitig gelungen, seinen Körper zu verlassen. Um außerhalb des Wirkkreises der Zeit zu gelangen, musste er die Materie jedoch dauerhaft überwinden, und das ging nur, indem er sich rückwärts durch den Energiestrom bewegte, hoch zur Quelle aller Frequenzen, aus der alles entsprang, auch Raum und Zeit. In der alles enthalten war. Selbst die ungenutzten Möglichkeiten der so genannten Vergangenheit.

Zurück am Urgrund allen Seins würde er seine Tochter endlich wiedersehen.

Achtundsiebzig Meter: Die Tiefe, an die er sie verloren hatte.

Die Tür schlug nach innen. Randal sah sofort, was los war. Aber er begriff es nicht sofort.

Seine Freundin stand Hand in Hand mit diesem Versicherungsspitzel am Fenster und sah nach draußen. Das Gewehr lag auf dem Sofa, und nicht mal, als die Tür gegen die Wand knallte, drehten die beiden sich um.

Randal nahm das Gewehr. Es tat gut, es hart und schwer in seinen Händen zu spüren. Das Gewicht des Stahls war etwas, worauf er sich verlassen konnte. Dem, was er am Fenster sah, traute er nicht. Was da mitten in seiner Wohnung geschah, konnte nicht echt sein, dafür kannte er Kasey zu gut.

Die einzige Möglichkeit war, dass der Kerl ihr das Gewehr weggenommen hatte und sie jetzt anders bedrohte, vielleicht mit einer Rasierklinge, die er zwischen seiner und ihrer Hand eingeklemmt hatte. Vielleicht hatte er sogar die Patronen aus dem Gewehr genommen und wollte ihn wegen versuchten Mordes hinter Gitter bringen. Randal musste aufpassen, dem Typen nicht auf den Leim zu gehen.

Er stemmte den Kolben gegen seine Hüfte und knickte den Lauf nach unten. Zwei Patronenkappen funkelten ihm entgegen wie Goldmünzen. Nur, dass sie ihm in diesem Moment weit wertvoller schienen als Gold.

«Umdrehen.» Randal klappte den Kolben wieder nach oben. Das satte Geräusch, mit dem Stahl in Stahl rastete.

Ihre Hände lösten sich, während sie sich umdrehten. Randal sah keine Rasierklinge.

«Kasey?»

Ihre Finger verschränkten sich wieder. So fest, dass die Haut über ihren Knöcheln weiß wurde. Randal zwang sich, das Gewehr waagerecht zu halten.

Kasey sah ihm in die Augen, auf eine Art, die er nicht von ihr kannte.

«Randal», sagte die Fremde. «Bitte.»

Randal krümmte den Zeigefinger um den Abzug und suchte den Druckpunkt.

Ich schaffte es kaum, ein Bein vor das andere zu setzen. Immer wieder rutschte ich den Hang hinunter, stieß gegen Baumstämme, Steine, Äste, die mir vor die Knie prallten und die Hände zerkratzten. Eisklümpchen schlugen wie Nadeln in mein von Kälte taubes Gesicht, das sich wie gespanntes Pergament anfühlte. Ich musste den Kopf senken, die Lider zukneifen, damit mir der Hagel nicht in die Augen prasselte, klein und spitz; ich rutschte zum See hinunter wie auf Rollsplitt, riss mir die Hände blutig und schlug mit den Rippen auf die gefrorene Oberfläche, dass mir die Luft wegblieb.

Meine Knochen schmerzten. Auf allen vieren versuchte ich den Hang erneut hochzuklettern, und als ich mich auf der Hälfte des Weges noch einmal umwandte, sah ich, dass meine Hände blutige Abdrücke hinterlassen hatten, wie die Fährte eines verwundeten Tieres.

Ich kroch weiter bis zum Brückenhaus, richtete mich für die letzten Meter auf und lief geduckt zu dem alten Gemäuer, das ebenso dunkel dalag wie bei meinem ersten Besuch.

Ohne mich diesmal darüber zu wundern, kletterte ich ins Innere und genoss den Moment, dem Sturm entkommen zu sein. Eisstücke fielen aus meinen Haaren, schmolzen kühl auf meinen Wangen. Ich hatte das Gefühl, als verflüssigte sich mein gesamtes Gesicht, mein Körper, als liefe ich selbst an mir hinab.

Langsam ging ich zur Mitte des Raumes, tastete nach dem Griff für die Bodentür und zog sie auf.

Die defekte Lampe war ausgewechselt worden, das Licht brannte stetig von der Decke. Ich begann die Treppe hinunterzusteigen, und als ich über meine Schulter hinweg nach unten sah, entdeckte ich einen komplett eingerichteten Raum, der vollkommen anders aussah als die Rumpelkammer, in der mich Lawrence Nunn empfangen hatte. Sogar einen Herd gab es, an dem ein Mann stand, den ich sofort erkannte.

Sein Oberkörper war genauso über die brutzelnde Pfanne gebeugt wie in der Nacht meiner Ankunft; er trug sogar dasselbe Hemd, und kurz war ich gerührt von der unverhofften Vertrautheit dieses Bildes. Ich bekam eine Ahnung davon, wie es sein musste, nach Hause zu kommen. Wie ein plötzlicher Riss fuhr mir die Sehnsucht in die Brust, ein Verlangen nach etwas, das ich vergessen, aber gut genug gekannt haben musste, um es derart vermissen zu können.

Waldo drehte sich um. Ob ich der neue Professor sei, fragte er.

«Ja», antwortete ich und lächelte. «Ich arbeite über einen Mann namens Nunn.» Ob ihm der Herr bekannt sei?

«Allerdings», sagte Waldo und schlug jetzt wirklich ein Ei in die Pfanne. Ob ich auch eins wolle, fragte er. Sein Name, übrigens, sei Waldo, zumindest riefen ihn alle so, sein wirklicher Name sei so kompliziert, dass ihn sich keiner merken könne.

Er lachte dreimal kurz hintereinander, aber das war nicht das Lachen, das ich erwartet hatte. Es war sein normales, etwas kokettes Lachen, nicht eines unter Freunden, die sich signalisieren wollten, den Spaß jetzt weit genug getrieben zu haben.

«Gut», sagte ich, plötzlich wütend. «Wo ist Nunn?»

«Ihre Recherchen scheinen nicht besonders weit gediehen zu sein, Professor! Den Mann, den Sie suchen, gibt es nicht mehr. Jedenfalls nicht hier und nicht in einer Form, die Ihnen geläufig wäre.»

Wie er mir denn dann bitte erklären wolle, dass ich ihn noch vor wenigen Stunden genau hier und in einer mir durchaus geläufigen Form getroffen hätte, fragte ich, enttäuscht, nun auch den letzten einigermaßen vernünftigen Gesprächspartner verloren zu haben.

«Dass Sie ihn getroffen haben, bezweifelt niemand», sagte Waldo. «Allein über den Zeitpunkt sind Sie sich nicht ganz im Klaren, fürchte ich: Professor Nunn ist schon seit Jahren tot.»

«Dann sehe ich also Gespenster», stellte ich fest und fragte ihn, ob er nicht vielleicht auch ein Geist sei. Und dieses Haus, ob das nicht ebenfalls bloß Einbildung sei, wie ohnehin alles hier, mein Auftrag, die Hausgemeinschaft, der Schnee?

«Nein, Professor.» Er machte eine lange Pause. «Sie irren sich. Ihren Auftrag, den gibt es.»

Nunn fühlte sich vollkommen schwerelos. Seine Körperfunktionen beschränkten sich darauf, ihn die letzten Sekunden nach unten zu geleiten.

Acht Herzschläge pro Minute.

Noch fünf Meter.

Ich schlug die Augen auf. Sah die flirrenden, schwitzenden Leiber der Hausgemeinschaft im gelblichen Fackelschein; Körper, die sich aufzulösen schienen wie schmelzendes Wachs, überzugehen in diese heiße, bis zum letzten Molekül gesättigte Luft, die mir flammend in die Lunge drang.

Brennender Durst mischte sich mit der Gier nach Sauerstoff, ließ mich hochfahren, den Leibern entgegen. Wenigstens den Zipfel eines ihrer Gewänder wollte ich fassen, mich daran festklammern, aber die Hausbewohner standen plötzlich wieder mit ausreichend Abstand wie Forscher über ein Experiment gebeugt, die Hände hinter dem Rücken verschränkt.

Ich rief nach Laurabell, brüllte mir die Seele aus dem Leib, um endlich aufzuwachen. Jemand kam auf mich zu und zeigte auf etwas an der Wand.

Im zuckenden Licht der Flammen sah ich ein Bild, das ich bisher nicht bemerkt hatte. Ich kniff die Augen zusammen, aber außer dem Widerschein des Feuers, der matt über die Oberfläche des Gemäldes schimmerte, erkannte ich nichts.

Ich stand auf und ging ihm entgegen, und als hätte ich damit einen Prozess in Gang gesetzt, auf den alle gewartet hatten, formierte sich die Hausgemeinschaft dicht hinter mir. Mit jedem meiner Schritte rückte sie nach, einer wie einstudierten Choreografie folgend.

Erst als ich direkt vor der Wand stand, sah ich, dass das gar kein Bild war. Sondern ein Fenster.

Draußen, etwa hundert Meter von einem See entfernt, lag ein Mann vor einer Hütte. Ich stieg durch das Fenster und lief auf ihn zu. Ich rief nach ihm, streckte den Arm nach ihm aus. Ich wusste, wer dieser Mann war. Er hob den Kopf und sah mich an. Er hatte die ganze Zeit auf mich gewartet.

Durch die lose gekrümmten Finger seiner rechten Hand betrachtete Aaron den See, den er nicht mehr erreichen würde. Er sah Dinge im Licht, Gestalten, die sich fast ohne Kontur aus dem Weiß lösten. Aaron wurde warm. Sein Durst war weg, er fühlte sich leicht, plötzlich. Das alles geschah, ohne dass er etwas tun musste. Einfach, weil es so gedacht war.

Der Schatten vom See, der langsam näher kam: das war er. Jetzt würde es nicht mehr lange dauern, bis er bei ihr wäre.

Kasey fragte sich, ob sie das wirklich gesagt hatte: dass sie vorhabe, mit diesem Mann durch die Tür zu gehen und nicht mehr zurückzukommen. Aber Randals Reaktion zufolge hatte sie ihn gesagt, denn Randal hatte sich mit dem Gewehr vor die Tür gestellt und versperrte ihnen den Weg.

Was dann geschah, ging so schnell, dass sie es erst begriff, als es vorbei war. Der Mann mit der Kamera versuchte Randal das Gewehr zu entreißen, während sie sich gleichzeitig an Randals Arm hängte, aber sofort abgeschüttelt wurde.

Kasey fiel zu Boden. Sie hörte ein Geräusch, als würde ein Paddel mit voller Wucht auf Wasser schlagen. Das Splittern von Glas. Und einen ohrenbetäubenden Knall, der das feine Gewebe der Luft zerriss.

Dann Stille. Eine köstliche, wattierte Stille, in der alles gut war. Bis sie vorsichtig den Kopf hob und nach oben sah. Das Zeichen für Unendlichkeit war direkt vor ihr.

Laufseele, dachte Kasey. Dieser Hohlraum wurde tatsächlich Seele genannt, das hatte sie irgendwo mal gehört, und warum ihr das ausgerechnet jetzt einfiel, gehörte zu den Dingen, die sie gern gewusst hätte.

Die Tür fliegt auf. Kurz sehe ich mein Gesicht in der Scheibe, die in tausend Stücke zerplatzt. Ein Blitz, der den Vorhang zerreißt. Ein Krachen. Das unverkennbare Gefühl der Bewegung. Der Widerstand der Luft, wie Wasser nach einem Sprung, während sich eine Weite auftut und ich nicht weiß, ob ich steige oder falle; oben und unten haben ihre Bedeutung verloren.

Das Klirren von Scherben auf Stein. Dann ein zweiter Knall.

Ja, Professor. Ich erinnere mich.

Zwei Jahre bevor wir weggelaufen waren, hatte unser Vater uns mit einer Salatschüssel auf die Straße geschickt. Es war Winter, und wir sollten Schnee in der Schüssel sammeln. Schönen, weißen Pulverschnee. Er hatte damals noch Spiele mit uns gemacht, wenn es ihm gut ging, einfache Experimente, um uns die Welt zu erklären, und als wir mit rot gefrorenen Händen und der Salatschüssel voll Schnee wieder ins Haus gekommen waren, hatte er bereits Wasser in eine zweite, kleinere Schüssel laufen lassen.

«Jetzt passt mal auf», hatte er gesagt und ein großes Paket

Salz aus der Küche geholt. Er verteilte das Salz gleichmäßig über den Schnee in der Salatschüssel und drückte die kleine Wasserschüssel fest obendrauf.

«Seht gut hin», sagte er, und wir sahen gut hin. Wir sahen, dass sich der Schnee langsam verfärbte. Das Salz machte ihn grau und klumpig. Es zerstörte die Struktur der Kristalle.

«Seht in die kleine Schüssel», sagte unser Vater, als er merkte, wie enttäuscht wir waren, dass nur alles hässlich wurde. Wir sahen in die Schüssel, aber da war kein Wasser mehr. Da war Eis.

Wir hatten etwas gelernt: Stellt man Wasser auf eine Schüssel mit gesalzenem Schnee, wird das Wasser zu Eis. Weil das Salz dem Schnee Energie entzieht, so schnell, dass sich der Schnee an die Energie des Wassers klammert wie ein Ertrinkender an ein Stück Holz. Das war unsere Lektion: Eis entsteht, wenn einem plötzlich etwas entrissen wird.

Aaron hob die Hand. Etwas zwischen Lachen und Weinen brach aus ihm hervor; sein ganzer Körper wurde geschüttelt von diesem Gefühl, das alles zugleich war. Das fehlende Teil, aufgetaucht aus der Finsternis dieses Bildes, einer Leerstelle, die nichts als ein Platzhalter gewesen war für die Hände, die sich ihm entgegenstreckten, die nichts hielten, sondern nach ihm griffen, das war das Geheimnis: Die Hände hielten nichts. Sie wollten ihn ins Bild ziehen, und in diesem Moment verstand Aaron, was seiner Schwester keine Ruhe gelassen hatte. Es waren die fehlenden Hände selbst gewesen. Nicht das, was sie gehalten hatten.

Der Aufstieg ist das Schlimmste, heißt es. Beim Aufstieg passieren die meisten Unfälle. Aber Nunn hatte nie vorgehabt, wieder aufzutauchen. Er wollte da unten bleiben, mit ihr, für immer. Seit jenem Tag hatte er pausenlos mit ihr gesprochen, hatte ihr Dinge erzählt, die sie bestimmt längst wusste, jetzt: über den großen Irrtum namens Raum und Zeit.

Sechsundsiebzig Meter.

Nunn hatte sich diese Luft bis zum letzten Moment aufgespart. Endlich konnte er sie nutzen. Mit seinem letzten Atemzug brüllte er ihren Namen.

Und dann sah er sie.

Er ließ das Seil los und schwamm ihr entgegen.

Da unten, im Inneren der Stimme, wo es vollkommen still war, das war er, in einer Tiefe, die die Finsternis leuchten ließ. Bilder von seinem Gesicht im Sand, schlafend neben seinem Manuskript, die Brille verrutscht. Bilder von seinem Gesicht im Schnee, während er ihren Namen rief.

Sie streckte den Arm nach ihm aus, und der Schleier, der seit ihrer Geburt zwischen ihr und ihrem Leben gehangen hatte, war gefallen. Die Flocke auf seinem Gesicht, der Moment, in dem sie die Form verlor, ihre kristalline Struktur, flüchtig und hart, wie sie zu Wasser wurde und sich mit dem Blut mischte und weiter in den Schnee fiel, der auch sie wieder sein würde, nachdem sie von der Erde aufgesogen und später, vom Blut getrennt, wieder freigegeben worden wäre, den Wolken, dem Himmel.

Dieses Gefühl, keine Luft zu bekommen vor lauter Sehnsucht. Nicht genug sein, atmen, trinken zu können, um das Loch zu füllen, das immer da gewesen war, das sich rau anfühlte, brennend an den Rändern, das sie verzehrte, jetzt, und sogar das Bild vor ihren Augen wegriss: wie er auf die Veranda stolperte und seine Hände auf der Suche nach Halt immer wieder ins Leere griffen.

Der da aus dem Haus läuft, das bin ich. Wie ich in Zeitlupe die Stufen runter in den Schnee falle. Blut auf meiner Brust, aber kein Schmerz, kein Schmerz. Ich rufe ihren Namen, doch meine Lippen bleiben verschlossen. Ich spüre den Boden nicht, den Schnee, seine Tiefe.

Um mich herum alles weiß, bis auf den Qualm, der aus dem Schornstein steigt; Partikel brennender Kohle, Erinnerung, gepresst ins Kohlenstoffgedächtnis der Erde. Verbrannte Vergangenheit, von der Thermik emporgesogen, schraubt sich in immer kältere Schichten der Luft, mischt sich mit dem Salz des Meeres, mit Steinstaub, den der Wind von den Gipfeln gefräst hat, Hautpartikeln, Pollen: ein irrer Tanz, während meine Muskeln immer noch an Lippen zerren, die sich nicht öffnen wollen. Eine explodierende Pyramide weißen Lichts. Kein Laut.

Immer höher steigen die Schwebstoffe, die jetzt auch von interplanetarer Materie angereichert werden, aus Asteroidenkollisionen oder dem Schweif eines Kometen, dessen Kern im Licht der Sonne verdampft und dabei das Urmaterial freigibt, das dort seit der Entstehung des Universums eingefroren ist. Ein Gemisch aus Vergangenheit, Gegenwart und Zukunft; pro gestiegenem Kilometer kühlt es um sieben Grad ab, jenseits einer Temperatur von minus vierzig Grad umschließen Eiskristalle den Staub. Wassermolekül um Wassermolekül lagert sich an, in einem Winkel von entweder sechzig oder hundertzwanzig Grad. Kristallstrukturen verhaken sich, beginnen zu sinken, zwei Zentimeter pro Sekunde, bis der Aufwind sie wieder nach oben hebt.

Ist die Flocke so groß geworden, dass die Schwerkraft stärker wirkt als die Thermik, beginnt es zu schneien. Eine lautlose Schar sechsstrahliger Kristalle löst sich aus der Wolke und schwebt zur Erde, so viele, dass der Horizont verwischt.

Eine Flocke trifft den Spalt zwischen meinen Lippen. Schmilzt an der Zungenspitze. Mir ist nicht kalt.

Sobald der Schnee den Boden erreicht, streben die Eiskristalle eine Form mit möglichst kleiner Oberfläche an. Die feinen Verästelungen verschwinden, Spitzen und Vertiefungen gleichen sich aus; eine Metamorphose, deren Intensität von der Temperatur und der Beschaffenheit des Schnees abhängig ist.

Bei den Flocken, die jetzt auf meinem Gesicht landen, spielen Schmelzvorgänge die wichtigste Rolle. Die Poren in den Kristallen füllen sich mit Wasser, Strukturen lösen sich auf, rinnen als Tropfen über mein Gesicht, hinterlassen Bahnen wie von Tränen und fallen dann wieder in den Schnee, wo das Wasser erneut gefriert. An der Oberfläche bildet sich eine Kruste; wiederholtes Tauen und Frieren sorgt im Lauf der Zeit für eine stete Verdichtung, es entsteht ein künstlicher Grund, den man bald für die Untergrenze der sichtbaren Realität halten wird.

Erst wenn der Taupunkt überschritten ist, lockert sich der Griff, verflüssigt sich der Schnee wieder in die Erde, ins Meer, zusammen mit dem Staub, ohne den er nicht entstanden wäre, und gibt so allmählich preis, was er wochen-, monatelang festgehalten hat.

Die Tür öffnet sich. Ein Blitz, der den Vorhang zerreißt, ein Krachen. Das unverkennbare Gefühl der Bewegung. Der Widerstand der Luft, wie Wasser nach einem Sprung.

Alles beginnt, alles endet mit diesem Blitz. Verdichtete Energie, konzentriert zu einer Sehnsucht, die zu groß wird. Eine Explosion, Dimensionen durchdringend, in denen Bilder nutzlos sind, erschaffen nur noch von jenen, die sie brauchen, um nicht wahnsinnig zu werden: Bilder von ihrem Gesicht im Sand. Ihrer Badehose, die die Farbe tiefgefrorener Himbeeren hat und leicht gegen ihr Negativbild verschoben ist, da, wo die Beckenknochen den Gummizug gespannt halten. Eine Handbreit nur, zwischen dem trocknenden Stoff und ihrer Haut, die weiß ist, da, wo der Schatten fällt und die Härchen auf ihrer Bauchdecke wie Golddaunen schimmern.

Ein zarter Kokosduft, vermischt mit Sand und Meer. Kurz zucken ihre Lider, als wehte ein feiner elektrischer Sturm darüber. Ihre vom Salzwasser verklebten Haare, wie sie in noch feuchten Strähnen neben ihr Ohr fallen, und das Lächeln auf ihren spröden, halb geschlossenen Lippen, unter denen ein schmaler Streifen Zähne schimmert: die fein gekerbten Fältchen rechts und links der Mundwinkel, die unter leichter Spannung stehen wie sonst, wenn sie spricht oder kaut oder lacht, und dabei weiche, sich ständig verändernde Mulden bilden.

Schösse ich ein Foto, man sähe dieses Lächeln nicht, obwohl es ihren gesamten Körper zu umspielen scheint, spürbar sogar in dem sanften Schlag ihres Herzens ist, der die sich gleichmäßig hebende und senkende Bauchdecke durchpulst, zwischen ihren Beckenknochen, da, wo eine zarte Gänsehaut die Härchen aufstellt, wo sie nach Seife riecht und nach Chlor, eine Mischung, so kühl und leicht, kaum wahrnehmbar.

Ein Flüstern, plötzlich, das ich zumindest ihr zuschreibe; der Wind jedenfalls kann es nicht gewesen sein.

War das mein Name?

Ein letzter Blick zu den Füßen, die Innenseiten ihrer Schenkel entlang, wo sich die Zehen in den Sand graben, als wollten sie etwas halten dort, jenseits des Wassers, in dem sich der Himmel spiegelt und jetzt sogar Vögel, über den himbeerfarbenen Stoff ihrer Hose hoch zu den warmen Höhlen der Achseln; ihr Hals, das Kinn und dann die Lippen, die nicht ganz voreinander passen, sich über die Zähne wölben, als sei das alles nicht genug.

Ich lege mein Ohr vor ihren Mund. Höre ihren Atem, ihre Lippen Worte formen, die in mir erst entstehen, weil jede Faser danach schreit.

Alles beginnt, alles endet mit dieser Stimme, die wie Sand in meine Seele rinnt. Ihre Augen wie zersprengter Bernstein, braungrüne Splitter, die in Licht baden und mich schwindeln machen, fallen lassen in bodenlose Tiefen: einem Licht entgegen, so gleißend, dass es schmerzt.

Alles beginnt, alles endet mit diesem Schmerz. Einem Blitz, der mich die Augen schließen lässt; mit ihrer Stimme, die mich daran erinnert, dass ich nicht vergessen darf, nie.

Ich erreiche ein Tal mit Bäumen, sorgfältig gepflegten Blumen und Rasenflächen, zerteilt von sich kreuzenden Wegen. Eine Frau kommt näher. Sie hat mich die ganze Zeit beobachtet. Ob wir uns kennen, frage ich, obwohl ich die Antwort schon weiß.

Sie sieht mich an. Öffnet den Mund. Ein glanzloser Strom Blüten weht an uns vorbei. Ich will meine Hand heben, ihr Gesicht berühren, während Schnee auf mich sinkt, hauchzarte Gaze, in die ich mich hülle, sonst wird mir kalt.

Achtundsiebzig Meter.

Alles beginnt, alles endet im Gold der untergehenden Sonne.

Danke: Shawnakim Blake Lowey-Ball, Adrienne St. Aubin, Hyunok Lee, Sarah Vaughn, Daniel Kindermann, Adey Fettene, Andrew Chignell, Benny Widyono, Linda Louie, Paul Benecki, Elizabeth Becker, Anne Giedinghagen, Amy Saltzman, Ben Phelps-Rohrs, Jessica Falcone, Keegan Porter, Ranga Rajagopalan, Yoon Soo Kim, Nyissa Spruill, Dustin Glossic, Ernestine Narcisse, Josh Lee, Martin Hielscher, Heinke Hager, Xóchil A. Schütz, Sonja Baum, Jan Karsten, Till Endemann, Anne von Keller, Barbara Stepansky, Jens Schellhammer, Britta von der Heide, Eva Bonné, Asha Edwards, Benjamin Borgerding und – auch für «sharks» – Lauren Mary Boehm.

Ein besonderer Dank geht an meinen Lieblingsnarratologen, den Schriftgelehrten Doktor Markus Kuhn, an Isabel Bogdan, meine Familie, an Peter Uwe Hohendahl von der Cornell University, Susanne Schulte von der GWK, an die gesamte Literaturabteilung des C.H.Beck Verlages und an Nora Scholz.

Gefördert vom Deutschen Literaturfonds e.V.

Der Autor dankt außerdem der Kulturbehörde der Freien und Hansestadt Hamburg, der Cornell University, dem Bundespräsidenten, der GWK und der VG Wort für die Unterstützung der Arbeit an diesem Buch.

Copyright © 2009 by Stefan Beuse
© Verlag C.H. Beck oHG, München 2009
Gesetzt aus der Centaur MT bei Fotosatz Amann
Druck und Bindung: Pustet, Regensburg
Gedruckt auf säurefreiem, alterungsbeständigem Papier
(hergestellt aus chlorfrei gebleichtem Zellstoff)
Printed in Germany
ISBN 978 3 406 58244 8

www.beck.de